역주 방시한집

역주(譯註) 방시한집(方是閒輯)

윤행임(尹行恁) 지음
전송렬(全松烈) 옮김

보고사

『방시한집』의 표지(동국대학교 도서관 소장본)

邊禁衛

李承音養鼎江遊至三湖有人坐湖上眉目清秀類異尋常
問曰甫生火如有恩或能詩乎對曰然事曰吾呼韻甫卽賦
之擊漂女仍呼蘇字對曰江娥濯錦坐青波呼波字對曰擊
聲撼碎波呼家字對曰徙客石邊無乳子後深明肝都忌家
大如褲嘆問其姓名卽禁衛軍姓邊而失名云

魚貨永

余夜金檎討去源祖淳八歲賦江居詩曰江中魚貨永人有

『방시한집』의 목차와 본문(동국대학교 도서관 소장본)

일러두기

* 이 번역의 대본은 서문과 발문이 모두 붙어 있는 규장각소장본 『방시한집
  (方是閒輯)』으로 하였고 나머지 연세대소장본, 동국대소장본, 버클리대소
  장본은 참고로 하였다. 단, 버클리대소장본 『해상청운(海上淸云)』은 『방시
  한집』의 이본으로 규장각소장본의 49칙 이외에도 16칙이 더 있다. 따라서
  이 16칙을 『방시한집』의 49칙에 이어 번역하고 붙였음을 밝혀둔다.

서 문

"我以親近上帝, 爲我之福,
我惟倚賴主上帝,
傳揚主之一切作爲"
(詩73 : 28)

역자가 석재 윤행임의 『방시한집』에 관심을 가지고 번역하게 된 동기는 연세대소장본 희귀고서인 『석재별고(碩齋別稿)』를 해제하는 과정에서 윤행임이라는 인물의 천재성과 비극성에 주목하면서부터이다. 윤행임은 겨우 19세의 나이로 별시 문과에 급제하여 관로에 오르기 시작하면서부터 정조의 특별한 총애를 받았던 인물로 그 천재성을 일찍부터 드러내었다. 그는 많은 저술을 남겼지만 특히 이 『방시한집』은 그가 20대 후반에 저술한 것으로 알려져 있어서 그의 비범성을 엿보게 하는 작품이다. 또한 그가 39세에 유배지인 신지도에서 저술한 『석재별고』는 무려 23권 11책이나 되는 방대한 분량으로 그가 사사(賜死)되기 겨우 4개월여 만에 쓴 것으로 유명하다. 이 『석재별고』는 그의 성리학자로서의 박학다식한 면모를 유감없이 발휘한 작품인데, 시화서인 『방시한집』과 그가 남긴 시들을 제외하면 그의 저술은 『석재별고』처럼 거의가 학문적인 저작물들이다.

『방시한집』은 기존의 시화와는 달리 주로 당대의 이름 없는 시인들을 중심으로 꾸민 것이다. 지금까지 전하고 있는 것은 규장각소장본 49칙과 버클리대 극동도서관 소장본에만 별도로 보이는 16칙을 포함하여 총 65칙 밖에 안 되는 적은 분량이지만 여타 시화에서는 볼 수 없는 독특한 특징들로 인해 주목할 만한 저서라고 할 수 있다. 윤행임에 대한 연구는 18세기 문예와 사상을 이해하는 데, 매우 중요한 위치를 차지한다. 하지만 현재 그에 대한 연구는 거의 이루어지지 않고 있는 실정이다. 따라서 이 『방시한집』의 번역이 앞으로 윤행임 연구의 출발이 되기를 기대해 본다. 부록으로 실은 『석재별고』 해제는 비록 『방시한집』과는 그 성격이 전혀 다른 것이나 윤행임의 사상을 이해하고 또 연구하는 데 있어서 좋은 참고 자료라고 생각되어 수록하였다.

시 번역은 자신할 수 없는 부분이 많았는데, 바쁜 가운데에서도 역자의 번역 오류를 지적해주신 연세대 국학연구원의 김영봉 선생님께 감사드린다. 그리고 이 책이 나오기까지 수고해주신 보고사의 박은민 씨를 비롯한 모든 분들께 깊은 감사를 드린다.

2006년 10월
역자 삼가 씀

『방시한집(方是閒集)』의 시화로서의 양상과 가치

1. 저자

윤행임(尹行恁, 1762~1801)[1]의 본관(本貫)은 남원(南原), 자(字)는 성보(聖甫), 호(號)는 석재(碩齋), 또는 방시한집(方是閒齋)·기천당(菁泉堂)·유여관(留餘觀)·불기헌(弗欺軒)이다. 특히 석재(碩齋)라는 호는 1782년 그가 갓 관직에 나아갔을 때 정조가 직접 하사한 것이다. 초명(初名)은 행임(行任)이었는데, 순조가 5세 되던 1794년에 그의 이름을 쓰면서 '임(任)'자 아래에 '심(心)'자를 덧붙이자 곁에 있던 정조가 이름을 고쳐 그대로 쓰도록 한데서 '행임(行恁)'이 되었다. 윤행임은 척화파(斥和派)로 삼학사(三學士) 중의 한 사람인 윤집(尹集, 1606~1637)의 오세손(五世孫)이며, 그의 조부는 인조에게 용안군(龍安君)이라는 군호(君號)를 하사 받은 윤종주(尹宗柱)이고, 부(父) 또한 용은군(龍恩君)에 봉해졌던 윤담(尹琰, 1709~1771)이다.

---

1) 윤행임의 생애에 대한 것은 『석재고(碩齋稿)』 「부록(附錄)」에 실려 있는 그의 아들 윤정현(尹定鉉)이 쓴 「행장(行狀)」에 자세하다. 한편 그에 대한 연구로는 1995년에 김윤조(金允朝) 교수가 쓴 「석재(碩齋) 윤행임(尹行恁) 연구 - 생애(生涯)와 학문 경향을 중심으로 -」(『漢文敎育硏究』 第9號)가 유일하다.

1782년(정조 6) 별시 문과에 병과로 급제하여 예문관 검열(檢閱)·
승정원 주서(注書) 등을 거쳐 초계문신(抄啓文臣)으로 선발되었고 규
장각 대교(待敎)와 세자시강원 겸열서(兼說書) 등에 임명되었으며, 의
성(義城)·고양(高陽)·직산(稷山)·과천(果川) 등의 지방관을 거쳤다.
시파(時派)로서 1788년 민치화(閔致和)와 더불어 유언비어를 퍼뜨리며
백성의 재산을 약탈하였다는 벽파(僻派)의 탄핵을 받아 성환에 유배되
었다. 이듬해 규장각직각으로 복직되었으며 1792년 이조참의에 이르렀
다. 그해 대사간·이조참의를 거쳐, 이듬해 비변사부제조로 특차되었
다가 이조참의로 복직되었으나 벽파의 공격으로 정민시(鄭民始)와 함
께 고양으로 유배되었다. 1794년 유배에서 풀려나와 서유방(徐有防)·
이시수(李時秀) 등과 함께 정리사(整理使)가 되었으며, 이조참의로 재
차 임명되었으나 황단대향(皇壇大享)의 헌관을 의빈(儀賓)으로 차출하
였다 하여 파면되었다. 1800년(순조 즉위년) 도승지에 임명되었고, 선
혜청제조·관상감제조·이조판서·이조참판·홍문관제학을 거쳐 실록
청이 개국될 때 양관 대제학을 겸하였다. 이해 수렴청정을 하던 정순
왕후(貞純王后)가 시파를 추방시키기 위하여 일으킨 신유박해로 강진
현 신지도(薪智島)에 유배되었으나 곧 풀려나와 예조판서를 지내다 다
시 외직인 호남관찰사로 나갔다. 하지만 호남관찰사로 나간 지 5일 만
에 척신(戚臣) 김조순(金祖淳)의 사주를 받은 옥당(玉堂)으로부터 서학
을 신봉하였다는 탄핵을 받아 1801년 5월 10일 신지도(薪智島)에 안치
되었다가 1801년 9월 16일에 사사(賜死)되었다.[2] 헌종 초에 신원되었

---

2) 『한국민족문화대백과사전』에는 윤행임이 참형(斬刑)을 당한 것으로 되어 있으나 『순
　조실록(純祖實錄)』(순조1년 9월 10일)에 보면 정순왕후는 윤행임이 측근에 있었던 사
　람이요, 또 자신이 직접 발탁한 사람임을 감안하여 주청(奏請)한 형률(刑律)에 따르지

고 영의정에 추증되었다. 시호는 문헌(文獻)이다.

윤행임은 20여 년간 특별히 정조의 신임을 받았던 것으로 알려져 있다. 그래서 그가 남긴 글 가운데는 정조의 사후(死後) 그를 못내 그리워하는 정으로 가득 찬 글들이 많이 엿보인다. "걸핏하면 (정조의) 남기신 뜻이라 하면서 조정 신하들의 입을 막았다(動稱遺意, 鉗制朝臣)"3) 라고 하는 사관(史官)의 평(評)을 보게 되는데, 이것으로도 그와 정조의 관계를 충분히 짐작할 수 있다. 한편 평소에 그와 매우 가깝게 교유했던 인물로는 아정(雅亭) 이덕무(李德懋, 1741~1793), 사돈간이었던 초정(楚亭) 박제가(朴齊家, 1750~1805)와 냉재(冷齋) 유득공(柳得恭), 그리고 명고(明皐) 서형수(徐瀅修, 1749~1824), 수재(壽齋) 이곤수(李崑修, 1762~1787) 등을 들 수 있다.

그가 남긴 대표적인 저술로는 『방시한집』 외에 『석재고(碩齋稿)』(20 권 11책), 『석재별고(碩齋別稿)』(23권 11책), 『석재일록(碩齋日錄)』(6권 6책), 『대방세가언행록(帶方世家言行錄)』(6권 3책), 『성리편(性理編)』(7 권 3책), 『해동외사(海東外史)』(1책) 등이 있다. 이 중 『석재별고』는 그 양으로도 매우 방대한 데, 이는 그가 유배지인 신지도에서 사사되기 전 겨우 4개월 만에 저술한 것으로 그의 성리학자로서의 박학다식한 면모를 유감없이 잘 드러내주고 있다는 점에서 매우 주목할만한 작품이다.

않고 감등(減等)하여 사사(賜死)한다고 하였다.
3) 『순조실록(純祖實錄)』 권3, 순조1년, 9월 10일, 갑신(47집, 406면).

2. 『방시한집(方是閒輯)』의 이본

『방시한집(方是閒輯)』[4]은 모두 4종의 필사본이 전해지고 있는데, 현재 규장각, 연세대도서관, 동국대도서관, 버클리대 극동도서관에 소장되어 있다.[5] 이 4종은 다같이 49칙의 시화를 수록하고 있으며, 글자의 출입이 다소 차이가 있는 하지만 그 차례와 내용은 동일하다. 다만 버클리대본은 이 49칙 이외에 16칙이 따로 더 수록되어 있다. 따라서 이본이라고 하였지만 실제적으로는 이 버클리대본이 이본이라고 말할 수 있다. 이 4종 중 필사자가 누구인지 분명하게 알 수 있는 것은 규장각본 밖에는 없으며, 나머지는 모두 미상이다. 하지만 필사한 연대는 버클리대본을 제외하고는 다같이 1792년(정조 16)으로 되어있다. 4종 중 유일하게 서·발문이 있는 규장각본을 보면 왕태가 이『방시한집』을 저자인 윤행임에게 직접 빌려서 초록하였다고 한 것으로 보아 왕태가 가장 먼저 이 책을 필사한 것으로 보인다.『방시한집』4종에 대한 대략적인 특징을 보면 다음과 같다.

1) 규장각본(가람 895.11 B225)

1권 1책으로 표지에 '옥경산방장(玉磬山房藏)'이라고 씌어져 있다. 서문과 발문이 붙어 있으며, 필사자는 왕태(王太)로 되어 있다. 서문과

---

4) '방시한(方是閒)'은 "인생이 어느 때나 되어야 만족할 것인가, 늙기 전에 한가함을 누리는 것이 곧 바로 참 한가로움이라(人生待足何時足, 未老得閑方是閒)"라는 시구에서 나온 것으로 북송(北宋)의 호자(胡仔)가 쓴『어은총화(漁隱叢話)』에 소개되어 있다. 하지만 누가 이 시를 지었는지는 모른다고 하였다. 인생의 욕망과 바쁜 질주에서 한숨 돌리고픈 소망이 잘 표현된 것으로 저자 윤행임의 20대 시절의 뜻이 잘 드러난 제명이라고 보여진다.
5) 이후로 이를 규장각본, 연대본, 동대본, 버클리대본으로 표기한다.

발문 역시 왕태가 썼다. 그런데 서문은 1792년(정조 16)에 썼으며, 발문은 1820년(순조 20)에 쓴 것으로 나타난다. 그러니까 발문은 서문이 씌어진 후 거의 29년이나 지나서 쓴 셈이다. 즉 왕태가 이 『방시한집』을 처음 필사한 때는 그의 나이 24세 무렵이었고, 발문은 53세 무렵에 쓴 것으로 추정된다. 그가 이렇게 뒤늦게 발문을 쓴 구체적인 이유는 정확히 알 수는 없지만, 발문에 의하면 그가 24세 때에 필사한 이 책이 다 흩어져 그 전편을 찾아보기가 어려워 안타깝다고 한 것으로 보아 그간 자신이 필사한 원고들을 다시 모으고 정리하면서 쓴 것으로 보인다. 이 발문에서 왕태는 본래의 『방시한집』을 초록한 것이 10분의 1에 지나지 않는다고 하였다. 따라서 본래의 방시한집은 49칙 정도가 아니라 이의 10배 정도의 방대한 분량이었을 것으로 추정이 된다. 현재 서문과 발문이 붙어 있는 것은 이 규장각본 밖에는 없다.

표지에는 '방시한집'이라는 제명 외에 '해상청(海上淸)'이라는 부제(副題)도 붙어 있다.[6) 그리고 왕태와 지덕구(池悳龜)가 교정자(校訂者)로 나와 있다. 각 시화마다 제목을 붙였으며, 오자와 탈자가 거의 없는 편이다. 글씨도 매우 단정하게 썼다.

2) 연대본

연대본은 독립된 한 권의 책으로 되어 있지 않고 『독서차제(讀書次第)』(1책 74장)라는 책 속에 「수수기문(隨手記聞)」이라는 글과 함께 부록의 형태로 수록되어 있다. 필사자는 미상이며, 각 시화의 제목을 따

---

6) 이 '해상청(海上淸)'이라는 부제로 보아 규장각본 『방시한집』 49칙과 버클리대본 『해상청운』에만 나타나는 16칙은 같은 원본에서 초록한 것임을 알 수가 있다.

로 붙이지 않고 내용만을 필사하였다. 글의 첫머리에 '方是閒輯上'이라
고 하였다. 하지만 하권은 없다. 따라서 본래는 상·하권 또는 상·
중·하권이 있었을 것으로 추정이 된다. 역시 오자와 탈자가 거의 없으
며, 글씨도 깨끗하다.

3) 동대본(811.9방59)

필사자는 마지막장에 '송산후인서(松山後人書)'라고 되어 있는 것으
로 보아 송산(松山)이라는 호를 지닌 이가 쓴 듯하다. 하지만 이 송산
후인이 누구인지는 알 수가 없다. 규장각본과 같이 1792년(정조 16)에
필사된 것으로 나와 있다. 표지에는 '方是閒輯 四十九抄'라고 되어 있
으며, 목록이 붙어있다. 목록이 있는 것은 이 동대본 밖에는 없다. 또
권수제(卷首題)에는 '方是閒輯上'이라고 되어 있고, 그 다음에 바로 '海
上淸'이라고 썼다. 하지만 역시 하권은 없다. 불분권(不分卷) 1책 14장
으로 이루어져 있으며, 각 시화마다 제목을 붙였다. 그리고 시구에는
모두 붓으로 점을 찍어 놓았다. 필사한 연대는 역시 1792년(정조 16)으
로 되어 있다.

4) 버클리대본

버클리대본은 그 제목이 방시한집이 아닌 '해상청운(海上淸云)'이라
고 되어 있다. 하지만 49칙 내용은 다른 소장본과 동일하다. 왜 '해상청
운'이라는 제명을 붙였는지는 알 수가 없다. 이 버클리대본은 현재
1985년에 이우성(李佑成) 교수가 해외에 흩어져 있는 우리 문헌들을
수집하여 영인본으로 엮은 '서암외사해외수일본(栖碧外史海外蒐佚本)'

제12책에 수록되어 있다. 여기에는 송재소(宋載邵) 교수의 간략한 해제가 붙어있다. 하지만 제목을 달리하여 붙여놓았기에 필자를 알 수 없는 책이라고 하였다.

그런데 이 버클리대본은 다른 소장본과는 달리 49칙 이외에도 16칙이 더 추가된 총 65칙으로 4종 중 가장 많은 양을 수록하고 있다는 점에서 주목이 된다. 하지만 이 버클리대본은 다른 3종에 비해 전반적으로 오자나 탈자가 많다는 점이 흠이다. 표지에는 '海上淸云 全'이라고 되어 있다. 역시 각 시화마다 제목을 붙였으며, 필사자는 미상이다.

3. 필사자 왕태(王太)와 윤행임

왕태(생몰년 미상)는 정조 때의 위항인으로 자가 보수(步廋)요, 호는 수리(數里)이며, 일명 한상(漢相)이라고도 한다. 그는 가난한 집안에서 태어났으나 시문(詩文)에 뛰어났다. 천수경(千壽慶)을 중심으로 장혼(張混)·김낙서(金洛瑞)·조수삼(趙秀三)·박윤묵(朴允默)·차좌일(車佐一) 등과 함께 송석원시사(松石園詩社)의 일원으로 시를 읊었다.

왕태에 대해서는『방시한집』에도 그의 시와 함께 소개되고 있지만, 이경민(李慶民)의『희조일사(熙朝軼事)』(『壼山外記』에도 수록됨)에는 왕태에 관해 좀더 자세하게 다음과 같이 기록하고 있다.

왕태는 가난하여 살아갈 방법이 없어서 스물넷에 김가 노파의 술집에 들어가 술을 나르는 틈틈이 책을 읽었다. 그러자 술집 할머니는 화를 내며 책을 읽지 못하게 했다. 하지만 그는 그래도 품속에 책을 숨기고 오며 가며 읽고, 물을 끓일 때는 아궁이 불빛에 비춰 책을 외었다.

이에 할머니도 감동하여 날마다 초 한 자루씩을 주어 밤에 읽도록 했
다. 이로써 그의 문사(文辭)는 크게 진전되었다. 그러나 그를 알아주는
이는 없었다. 그런데 한번은 품삯을 받고 남을 대신하여 금호문 밖에
서 보초를 선 일이 있었다. 이 날 밤은 달빛이 환하여 움집에서『상서
(尙書)』1장을 외웠는데 그 소리가 마치 금석(金石)과도 같았다. 마침
이 때에 석재(碩齋) 윤학사(尹學士)가 지나가다가 이를 듣고 기이히
여겨 수레를 멈추고 그를 불러 보니 헝클어진 머리에 추한 얼굴이었으
며, 옷은 남루하였다. 윤학사가 자세히 사연을 물어보다가 놀라서 말
하기를, "강은 맑은데, 밤이라 안개가 적도다"라는 시를 지은 왕한상이
아니더냐?"라고 하였다. 이에 윤학사는 그를 정조 임금에게 데리고 갔
다. 정조는 그의 이야기를 듣고는 그에게 시를 지을 것을 명하자 바로
이르기를, "봄바람은 검은 장막에서 일어나고, 떠오르는 해는 홍살문
을 비추는구나"라고 하였다. 이 시구는 당시에 널리 알려지게 되었다.
이에 정조는 그를 장용영(壯勇營)에 소속시켜 녹봉을 받게 하고 활이
나 말 타는 시험을 볼 때마다 한 편씩의 시로 그 일을 대신하게 하고
그가 올린 시를 읽으셨다. 또 그를 중학(中學)에 입학시켜 오경(五經)
을 강(講)하게 하였으니, 상당히 높은 대우를 받은 것이다. 경신년 후
에 여러 차례 강에 응하였으나 합격하지 못하다가 무과에 급제하여 조
령별장(鳥嶺別將)이 되었다. 70세로 졸하였다.[7]

왕태가 윤행임을 만난 것은 24세 때였고, 이 때 윤행임의 나이는 대
략 20대 후반으로 짐작이 된다. 한마디로 그는 석재 윤행임 덕택에 그

---

7) 貧無以自資, 年二十四, 爲酒家金嫗. 保杯行餘, 猶能讀書, 嫗呵止之. 乃懷書行且
讀, 或照爨火默誦, 嫗奇其志, 日給燭一炷, 爲夜讀資, 由是文辭大進, 人無識者. 嘗踐
更於金虎門外, 是夜月明, 從土窖中, 誦尙書一章, 聲出金石. 時碩齋尹學士, 過聞而
異之, 停車召見之, 鬠頭醜面, 而衣襤如也. 學士細叩之驚曰, 豈非江淸夜少煙之王漢
相耶? 乃徹宸聽, 宣召賦詩, 凡數步而成, 有和風生皁幕, 旭日映丹門之句. 播傳一世,
付祿於壯營, 凡課弓馬命, 以一詩代之, 輒乙覽焉. 尋命充中學生治五經, 殆曠數也.
庚申之後, 屢應講不中, 補武爲鳥嶺別將, 卒年七十.

의 숨겨졌던 시재(詩才)가 세상에 알려지게 되었고, 관직을 제수 받는
영광까지 입게 된 것이다. 그리고『방시한집』에는 그에 관한 일화와 시
가 수록이 되기도 하였다. 그러했기에 그는 윤행임을 스승처럼 받들게
되었고,『방시한집』 또한 존경하는 마음으로 필사하기에 이른 것이다.
비록 전편에 대한 필사가 아닌 초록이기는 하지만 윤행임의 이『방시
한집』이 그래도 지금까지 전해져 내려오게 된 데에는 왕태의 공이 크
다고 할 수 있을 것이다. 왕태의 시로는『방시한집』에 실린 것 외에도
천수경이 엮은『풍요속선(風謠續選)』(권4)에 10수가 남아있다.

4. 시화의 양상과 성격

먼저『방시한집』 49칙과 버클리대본『해상청운』 16칙 전체의 소제
목들을 수록된 차례대로 나타내보면 다음과 같다.

1-변금위(邊禁衛), 2-어부빙(魚負氷), 3-요동로(遼東老), 4-환생(還
生), 5-태조(太鳥), 6-향유관광탄(鄕儒觀光歎), 7-혜심(蕙心), 8-백마
강시(白馬江詩), 9-조제화락(鳥啼花落), 10-박연(朴淵), 11-신진사(申
進士), 12-김시인(金詩人), 13-한유안(韓幼安), 14-태학전사(太學典
史), 15-채갑서(蔡甲瑞), 16-금산군(金山郡), 17-청운백설(靑雲白雪),
18-운래정(雲來亭), 19-왕태(王太), 20-단전(亶佃), 21-전만거(田滿
車), 22-향애(香靄), 23-권이차삼시(權李車三詩), 24-고죽(枯竹), 25-
회문(回文), 26-정이(丁李), 27-안석경(安錫儆), 28-대보단시(大報壇
詩), 29-고목(古木), 30-김열경소조(金悅卿小照), 31-칠칠삼삼(七漆三
參), 32-시아(市兒), 33-청포자(淸浦子), 34-청혜(淸兮), 35-정초부(鄭
樵夫), 36-백곡(栢谷), 37-소고(素皐), 38-백화정(百花亭), 39-합강정

(合江亭), 40-박이극(朴爾極), 41-정혜경(鄭惠卿), 42-조황후전(趙皇后傳), 43-이책(籬柵), 44-생불(生佛), 45-사세부시(四歲賦詩), 46-선률(扇律), 47-역암(力闇), 48-벽제점(碧蹄店), 49-채련가(採蓮歌) (이하는 버클리대본) 1-국제(菊製), 2-가승진부(假僧眞婦), 3-안경(眼鏡), 4-월백진청(越白秦靑), 5-해행(海行), 6-사마시(死馬詩), 7-매신자(買薪者), 8-원중거(元重擧), 9-방영손(方英孫), 10-먀시(巳詩), 11-유구사(琉球使), 12-기자(機字), 13-미수(米水), 14-양두섬(兩頭纖), 15-망사한(忙似閑), 16-사호(射虎)

이 소제목들은 연대본에는 없고 나머지 3종에는 나타나있다. 따라서 이는 필사자가 임의로 붙인 것인지 아니면 원본에도 있었던 것인지는 알 수 없다. 소제목은 주로 시구에서 따왔거나, 아니면 시인의 이름 및 자와 호, 그리고 시의 소재나 주제 또는 지명 등 그 해당 시화의 특징을 잘 살릴 수 있는 것으로 다양하게 붙이고 있다.

한편 시화의 편찬 기준으로는 왕태가 『방시한집』 서문에서 다음과 같이 밝힌 데에서 잘 나타난다.

> 한 시대의 시로써 이름을 날린 자들 중에서 비록 한 글자, 반쪽 시구가 되더라도 그것이 시교(詩敎)와 관계가 있으면 위로는 조정의 높은 벼슬아치들로부터 시작하여 아래로는 이름 없는 사람들에 이르기까지 들은 대로 기록하여 그 약간을 편찬하였다.

즉 시는 시교(詩敎)와 관계있는 시를 선발하였고, 그 대상은 신분의 귀천을 불문하고 수록하였으며, 그리고 주로 자신이 들었던 것을 기록하였다고 했다. 이 말대로 실제 『방시한집』에는 다양한 계층의 인물들이 등장한다. 그러나 비율로 따져보면 높은 벼슬아치들보다는 이름 없는 자들의 이야기가 훨씬 더 많다. 이것은 『방시한집』의 원본이 존재하지 않기에 확언할 수는 없겠지만, 이 시화집을 초록했던 왕태 자신이 미천한 출신이었기에 오히려 이름 없는 자들에 관한 이야기들에 더 관심을 갖고 이를 선호하여 기록한 것이 아닌가 한다.

또 『방시한집』에는 시화의 끝에 '~라고 한다'라는 식의 표현을 써서 저자 자신이 그 시와 이야기를 누구에게 전해들은 것임을 밝히고 있는 것이 많다. 이런 점에서 『방시한집』은 야사적(野史的) 성격을 지닌 시화라고도 말할 수 있다. 이외에도 저자는 자신의 주위에서 늘 직접 보고 만났던 사람들 가운데에서도 그들의 뛰어난 시와 시구들을 채록하고 있음을 보게 된다. 예컨대, 저자의 친구 또는 선배로는 김조순(2칙)·정지검(10칙)·이상황(25칙)·한유안(13칙), 친인척 중에서는 당고모 조씨 부인(3칙)·인척 종숙인 송징상의 부인(4칙), 매제 이행구(44칙), 그리고 하층 신분으로는 관서 기생 혜심(7칙)·위항인 왕태(19칙)·노비 단전(20칙) 등이 있다.

1) 다양한 계층의 문예에 대한 관심과 발굴

『방시한집』에 나타나는 계층들은 매우 다양하다. 출신별 또는 성별 등으로 대략 분류해 보면 다음과 같다.

* 위항인(4) : 이허중(18칙), 왕태(19칙), 박영석(40칙), 정후교(41칙),
* 농사꾼(1) : 한유안(13칙)
* 나무꾼(2) : 정봉운(35칙), 무명(버-7칙)[8]
* 노비(3) : 단전(20칙), 청혜(43칙), 김씨(43칙)

---

8) 버클리대본에만 나오는 16칙은 '버'로 약칭한다.

* **말단관리**(7) : 군졸 변씨(1칙), 태학전사 주영창(14칙), 아전 백봉장
(16칙), 태학의 관리 안씨(17칙), 병조의 관리 백윤구(37
칙), 저역(邸役) 김강생(42칙), 마기병(馬騎兵) (48칙)

* **무명인**(8) : 변씨(1칙), 안씨(17칙), 김씨(43칙), 마기병(48칙), 무명
(24칙), 무명(버-7칙), 먀씨(버-10칙), 주지승(버-13칙)

* **여인들**(6) : 조씨 부인(3칙), 김복택의 딸(4칙), 관서기생 혜심(7칙),
관서 기생 향애(22칙), 노비 청혜(34칙), 과부 이희(38칙)

* **기생들**(2) : 관서기생 혜심(7칙), 관서 기생 향애(22칙)

* **아이들**(6) : 김조순(2칙), 김창열(5칙), 안의성(32칙), 김억금(45칙),
목만중(버-3칙), 방영손(버-9칙)

* **방외인들**[9] (14): 소응천(8칙), 채갑서(15칙), 전만거(21칙), 안석경
(27칙), 이광(29칙), 허명(33칙), 이행구(44칙), 박익령(49
칙), 윤노동(버-1칙), 박필운(버-4칙), 이의사(버-6칙),
현허(버-12칙), 임매(버-15칙), 윤재복(버-16칙)

* **관료문인들**(26) : 김조순(2칙), 장정(6칙), 이희지(9칙), 정지검(10칙),
권필 · 이안눌 · 차천로(23칙), 이상황(25칙), 정범조 · 이
헌경(26칙), 남숙관(28칙), 정대용(30칙), 채팽윤 · 이서우
(31칙), 김득신(36칙), 김창흡(39칙), 조수삼(42칙), 홍대
용(47칙), 채팽윤(버-2칙), 목만중(버-3칙), 이수봉(버-5
칙), 원중거(버-8칙), 유언호 · 조환(버-11칙)), 이인상 ·
이덕무(버-14칙)

이상에서 보다시피 『방시한집』은 참으로 다양한 계층의 인물들을
다루고 있다. 비록 이름난 관료문인들이 약 26명이 등장하기는 하지만,
나머지 대부분은 하층계급이나 거의 이름이 잘 알려져 있지 않은 시인
들로 채워져 있다. 이로 볼 때 『방시한집』은 그 성격상 '무명인들의 시

---

9) 사대부로서 벼슬하지 못한 이들을 지칭하는 의미로 사용하였다.

화'라고 말해도 과언이 아닐 것이다. 이는 여타의 시화에서는 좀처럼 찾아보기 어렵다는 점에서 매우 독특하다.

한편 소개된 시인들은 거의 대부분이 윤행임 당대인 18세기에 생존했던 사람들이다. 즉 『방시한집』 총 65칙 중 18세기가 아닌 시화는 17세기 인물인 전만거(21칙), 권필·이안눌·차천로(23칙), 김득신(36칙) 3칙밖에는 없다. 따라서 『방시한집』은 '18세기 시화'라고도 이름 붙일 수 있다.

2) 이야기적 성격

『방시한집』은 전문적인 시 비평서라기보다는 주로 '시에 관한 주변적인 이야기'를 하는 경향이 다소 엿보인다는 점에서 다른 시화서와 구분된다. 물론 전체가 다 그런 것은 아니지만 시만을 말하고자 하는 것이 아님은 분명하다. 이것은 주로 이름 없는 시인들을 발굴하고 소개하면서 그들의 시적 재능뿐만이 아니라 언행이나 인품까지도 언급하고 있다는 점에서 더욱 두드러지게 나타난다. 그래서 『방시한집』은 그 편찬의 목적이 곧 윤행임 당대의 '시인 발굴'이라고도 말할 수 있을 것이다. 많지는 않지만 이러한 주변적인 이야기에 관심을 보이는 시화의 내용을 몇몇 보이면 다음과 같다.

(가) 금산군의 아전 백봉장(白鳳章)은 관가 창고 물건의 수량이 부족하게 되자 고을 수령이 자신을 파직시킬 것임을 알고는 달아나버렸다...시략(詩略)... 어떤 사람이 그 시의 뜻을 묻자 백봉장이 말하기를, "병이 들었다가 일어나 보니 살구꽃은 이미 시들어버려서 나는 그 살구꽃이 언제 피었었는지를 몰랐소. 그런데 이웃 친구가 날마다 나를

찾아오지 않음이 없었을 터인데, 내가 정신이 없었는지라 알지를 못하
다가 조금 병이 차도가 있자 그제야 알게 되었소. 그래서 그렇게 말한
것이오."라고 하였다. 사람들은 그의 기억력에 감탄하였으니, 실로 안
목이 있었던 것이다. (16칙)

　(나) 왕태는 고려 왕씨의 후예이다. 집이 가난하여 생계조차 유지하
기가 어려워 금호문(金虎門) 밖 김씨 노파의 가게에서 술을 팔아 생활
했다. 이 때 그의 나이는 24세였으며, 시를 잘 지었다...시략(詩略)... 왕
태는 낮에는 술을 팔고 밤에는 글을 읽었는데, 그 모습이 고아하여 옛
사람의 풍모가 있었다. 나는 이 당시에 내각의 대교(待敎)로 있었는데,
평소에 각리(閣吏)로부터 그의 시에 대해 들은 적이 있었다. 하루는 퇴
청한 뒤에 그의 술 가게에다 말을 멈추고는 그를 불러 지내온 내력을
물으니, 자신을 왕진(王璡)이라고 하였다. 나는 그의 재주를 시험해 보
려고 다음 날 아침 내각으로 들어와 서로 만나기로 약속하였다. 그런
데 다음 날 들으니 그가 이미 장용영(壯勇營)에서 불러서 갔는데, 거기
서 그에게 별도의 한 벼슬자리를 마련해 주고 한 섬이나 되는 녹봉도
주면서 자신의 공적을 쓰게 하였다고 한다. 사람의 곤궁함과 형통함은
말로 다할 수 없다. (왕태가 세상에 알려져 그 작은 이름이라도 나게
된 것은 바로 이 때문이었다) (19칙)

　(다) 서울 도화동(桃花洞)에 이희라는 젊은 과부가 있었는데, 자태
가 아름다웠고 더욱이 시에 공교로워 사람들 중에는 그녀의 마음을 움
직이게 해 보려고 집적대는 자들이 많았다. 이희는 자기가 거처하는
곳의 편액을 '백화정'이라 하고 일찍이 시를 지어 이르기를...시략(詩
略)...라고 하였다. 그리고서는 말하기를, "만약에 나의 이 시에 화답하
여 내 마음에 꼭 들게 하는 자가 있다면 그에게 시집가리라."라고 하
였다. 이에 서울 북쪽의 젊은이들이 다투어 이 시에 화답하였다. 하지
만 그녀의 마음에 들게 하는 자가 없어 마침내 늙어서 생을 마쳤다고
한다. (38칙)

(가)는 아전 백봉장의 기억력에 대해, (나)는 위항인 왕태의 뛰어난 재주가 드러나게 된 과정과 이로 인한 그의 출사(出仕)를, 그리고 (다)는 과부 이희의 시에 화답할 만한 사람이 없을 만큼 그녀가 시에 뛰어났다는 내용이다. 물론 이들의 시도 제시하고 있지만 시보다는 오히려 이들의 이야기에 더 치중하고 있는 대목들이다.

이밖에도 박이극(40칙)에 대해서는 그가 매우 가난하였지만 청렴하고도 고고한 성품을 지니고 있었으며, 또 할아버지의 묘를 미리 옮겨서 홍수를 대비한 그의 선견지명에 대해서도 높이 평가하였다. 그리고 홍대용(47칙)에 대해서는 중국의 시인인 엄성과의 사무친 우정에 대해서 적고 있으며, 윤재복(버-16칙)은 꿈에 신인이 나타났는데, 그 신인의 예언대로 무과시험에 급제하였다고 기록하고 있고, 또 이행구(44칙)는 22살에 요절하고 말았는데, 그가 그의 스승인 윤창리의 꿈속에 나타나서는 자신이 생불(生佛)이 되었노라고 하였다.

이처럼 『방시한집』에는 시 자체보다는 시와 관련된 이야기나 그 인물들에 관한 이야기들이 다수 등장한다. 그러나 그렇다고 해서 『방시한집』이 전혀 시 비평과는 거리가 먼 것만은 아니다. 비록 많지는 않지만 짧은 몇 마디의 말로 저자 나름대로의 비평을 보여주고 있기도 하다.

3) 소개된 시의 유형과 비평 양상

『방시한집』에서 소개된 시들은 대개 너무나도 유명하여 많은 사람들이 외워서 전하고 있는 시이거나 아니면 세상에서 널리 알려진 시들이다. 시는 순수 정통적인 시들도 있지만 파격적인 시들도 많다. 제시된 시의 형태는 5·7언 근체시로 시 전편을 제시하는 경우, 또는 두 구

의 시구만 제시하는 경우, 그리고 심지어는 편구(片句)만을 제시하는
경우도 있는데, 이 중 두 구만 제시하고 있는 경우가 많은 편이다. 시
는 시제(詩題)를 밝히고 있는 것도 있으나 대체로 시제 없이 시나 시구
만 제시한 경우가 많다.10) 그 유형들은 매우 다양한데, 대략 몇몇 시들
만 정리해 보면 다음과 같다.

* 경구(警句)로 일컬어진 시:「급우(急雨)」(15칙),「청운백설(靑雲白
　雪)」(17칙),「추일(秋日)」(18칙),「합강정(合江亭)」(39칙),
　「안경(眼鏡)」(버-3칙),「월백진청(越白秦靑)」(버-4칙)
* 대구(對句)로 뛰어난 시:「태조(太鳥)」(5칙),「칠석(七夕)」(31칙),
　「노초풍지(露草風枝)」(36칙),「가승진부(假僧眞婦)」
　(버-2칙)
* 사경(寫景)에 뛰어난 시:「박연(朴淵)」(10칙)
* 꿈속이나 저승에서 보거나 들은 시:「부용성(芙蓉城)」(4칙),「조제
　화락(鳥啼花落)」(9칙),「생불(生佛)」(44칙),「사호(射虎)」
　(버-16칙)
* 풍자시:「향유관광탄(鄕儒觀光歎)」(6칙),「문도(聞道)」(21칙)
* 서정시:「봉래각(蓬萊閣)」·「한거(閑居)」(13칙),「야화(夜話)」·「교
　행(郊行)」(19칙),「강행(江行)」(20칙),「고죽(枯竹)」(24칙),
　「북행(北行)」·「도중(途中)」(26칙),「풍악(楓岳)」·「야망
　(野望)」(27칙),「치양잡영(雉壤雜詠)」(29칙),「동호(東湖)」
　(35칙)」
* 회고시:「백마강(白馬江)」(8칙),「감회(感懷)」(37칙)
* 회문시(回文詩):「청산(靑山)」(25칙)
* 기개가 드높은 시:「지활(地闊)」(11칙)

---

10) 여기에 제시된 시제들 중 시제가 없는 시는 필자가 임의로 그 해당 시나 시구의 첫
　시어 또는 표제어로써 시제를 삼았다.

* 묘한 뜻이 담긴 시 : 「천성(泉聲)」(12칙), 「망사한(忙似閑)」외 4수
  (버-15칙)
* 의경(意境)을 잘 드러낸 시 : 「사마(死馬)」(버-6칙)

이 밖에도『방시한집』에는 일부 시나 시구에다 저자 나름대로의 간
단한 비평을 가하고 있는 경우도 있음을 볼 수 있다. 대개 몇 자 되지
않는 짧은 비평을 붙이고 있는데, 약 13칙 정도가 있다. 해당되는 시와
그 비평어를 나타내보면 다음과 같다.

＊2칙 : 行人手招渡, 村子背當舟 - "蔚有老杜意"
＊3칙 : 矢前封豕遼東老, 鞭下花驄大宛肥 - "不類閨閣中鉛粉氣味"
＊10칙 : 空明渾積水, 石面審行坐. 不有林橫影, 淸虛恐太過 - "眞箇會境
　　　　佳句"

奔浪透積石, 盤會蓄怒勢. 一逞須千尋, 餘力更無際 - "可謂有聲畵"
＊11칙 : 地濶容群小, 天長任獨尊. 癯儒臨絶塞, 落木下天風 - "雄建可誦"
＊14칙 : 老去詩篇只虛殼, 醉來天地亦彈丸 - "有以見風韻也. 不草草"
＊18칙 : 秋日荒荒下夕春, 瑤琴淸切四山空 - "頗警新"
＊24칙 : 臨風强披拂, 向日益蕭森. 肅肅充寒意, 悽悽長苦心 - "蒼鬱悲壯"
＊28칙 : 燭何掩翳風仍入, 天爲凄凉雨未乾. 雨泣冠裳會, 天聽管籥音. -
　　　　"俱得風泉之志"
＊29칙 : 全身枯黑也能勁, 過盡西風獨不驚. 一陣寒鴉飛去後, 暮天空自立
　　　　峥嶸. 雲來鳥去各天機, 水寂山空人到稀. 却被流鶯醒午睡, 緩拖
　　　　藤杖看薔薇 - "其意趣深遠靚雅, 有非枙蠟口氣"
＊32칙 : 松下百盃猶不醉, 淸風一道瞥然醒. - "可謂潑童"
＊35칙 : 東湖秋水碧於藍, 白鳥分明見兩三. 柔櫓一聲驚飛去, 夕陽山色滿
　　　　空潭 - "其淸絶類如此"
＊43칙 : 籬柵颼颼扉軋軋, 不堪羸瘶吐寒猋 - "頗有郊島之意"

＊ 벼-6칙 : 門外垂楊閑對畫, 水邊靑艸漫多時 - "造境自然有神"

　이 중 2자 비평어로는 '청절(淸絶)', '경신(警新)', '웅건(雄建)', '성화 (聲畫)', 풍운(風韻) 등을 들 수가 있고, 4자 비평어로는 '창울비장(蒼鬱 悲壯)', '심원정아(深遠靚雅)', '자연유신(自然有神)'과 같은 것을 들 수 가 있다. 또 두보와 가도(賈島)·맹교(孟郊)의 시의 의취와 비교하고 있기도 하다.

5. 가치

　『방시한집』은 비록 많은 양이 전해지지는 않았지만 기존의 시화와 는 달리 당대의 무명 시인들의 시와 그들의 이야기를 상당히 많이 수 록하고 있다는 점에서 독특하다. 그런 점에서 이『방시한집』은 저자가 생존했던 18세기 당시에 자칫 묻혀버릴 뻔했던 뛰어난 시인들을 발굴 하여 세상에 알리기 위한 의도로 집필되었다고 볼 수 있는 측면이 있 다. 이것은 18세기에 이르러 급격한 사회신분체제의 변화와 함께 다양 한 계층의 삶의 방식과 문화에 눈을 돌리기 시작한 것과도 그 맥락을 같이 한다. 따라서『방시한집』은 비록 시화의 형태로 씌어지기는 하였 으나 오히려 이름 없는 자들의 삶과 시에 대한 깊은 애정을 보다 더 강 하게 느낄 수 있다는 점에서 저자의 편찬 의도가 주목되는 책이라고 할 수 있다.

차 례

역주(譯註) 방시한집(方是閒輯)

附 : 『해상청운(海上淸云)』

역주(譯註)

방시한집(方是閒輯)

서문

시는 진실로 뽑을 수는 없지만 그러나 시로써 그 이름이 드러나게 되고, 이름은 드러날 수 없지만 그러나 성대한 덕으로써 세상에 알려지게 된다. 옛말에 "시가 사람을 곤궁하게 한다."[1]고 하였으나 나는 그 말을 믿지 못한다.

지금 각학사(閣學士) 윤공(尹公)의 직책으로는 글을 짓고 다듬어서 펴낼만한 겨를이 없을 터인데도 또한 한 시대의 시로써 이름을 날린 자들 중에서 비록 한 글자, 반쪽 시구가 되더라도 그것이 시교(詩敎)와 관계가 있으면 위로는 조정의 높은 벼슬아치들로부터 시작하여 아래로는 이름 없는 사람들에 이르기까지 들은 대로 기록하여 그 약간을 편찬하였다. 이것은 이수광(李睟光)이 편찬한 『지봉유설(芝峯類說)』[2]과

---

1) 구양수(歐陽修)가 「매성유시집서(梅聖兪詩集序)」에서, "내가 세상 사람들이 '시인은 영달하는 사람이 적고, 곤궁한 사람이 많다'고 하는 말을 들었는데, 무릇 어찌 그렇겠는가? 세상에 전해지는 시는 대개 옛날 곤궁했던 사람에게서 나왔기 때문이다(予聞世謂詩人少達而多窮, 夫豈然哉! 蓋世所傳詩者, 多出於古窮人之辭也)"라고 한 데서 나온 말이다.

2) 20권 10책의 백과사전적 저서. 고서(古書)・고문(古聞)에서 뽑은 기사일문집(奇事逸聞集)으로, 1634년(인조 12)에 간행되었다. 348명의 저서를 참고했으며 3,435항목을 25부문으로 182항목 나누어 실용・실리 추구의 정신과 실증정신・민본정신 등 무실(務

그 앞뒤로 하나의 법이 될만한 것이니, 어찌 아름답지 않겠는가!

생각해보건대, 나 왕태(王太)와 같이 무식하고도 재주 없는 사람이 천재일우와 같은 기회로 이 책 속에 기록이 되고 나의 시가 주관(周官) 외사(外史)에 의해 뽑히게 됨을 입었으니[3], 다행스럽기도 하지만 또한 외람되기도 하다. 이에 감히 책의 원본을 옮겨 기록하여 나 개인의 소유물로 여기게 되었다. 이러한 성대한 덕이 나에게까지 미치게 되어 감히 알아줌을 입은 이 감격을 잊어버리지 않으려고 이에 이 서문을 쓴다.

임자년(壬子年)[4] 겨울에 곡령(鵠嶺) 왕태(王太)가 쓰다.

詩固不可選, 然以詩而著其名. 名之固不可著, 然以盛德事而聞于世. 古語詩能窮人, 吾未之信也. 見今閣學士尹公, 職在摛文皷鑄笙鏞之不得自暇, 而亦能搜訪一世之善鳴者, 雖隻句半句, 有關於詩敎, 則上自朝紳宗匠, 以至委巷旁流, 隨聞記載, 爲若干篇, 將與芝峯類說, 前後一揆也. 豈不美哉! 顧太之蔑學庸才, 遭逢千一, 得參於作成之化以之 而入選於周官外史之筆, 已幸矣. 亦已濫矣. 兹取原本移錄, 以爲私有焉. 盖盛德所及不敢忘知遇之感, 是爲

實)의 정신을 역설, 공리공론(空理空論)만 일삼던 당시의 학계에 새로운 바람을 일으켰다.

3) 『서경(書經)』의 「주관(周官)」에 외사(外史)가 책이름을 바르게 하여 이를 사방에 전달하여 알고 읽도록 한다고 하였다.

4) 1792년(정조 16)이다. 이 때가 이 『방시한집』의 저자인 윤행임이 30세가 되는 해이다. 따라서 윤행임은 이 『방시한집』을 대략 20대 후반 무렵에 저술하였음을 짐작해 볼 수 있다.

序. 壬子冬日, 鵠嶺 王太書.

방시한집(方是閒輯)

곡령(鵠嶺)5) 왕태(王太) 보경(步庚) 정(訂)
예성(蕊城) 지덕구(池惠龜)6) 연소(蓮巢) 교(校)

---

5) 곡령(鵠嶺)은 왕태의 별호인 듯. 곡령(鵠嶺)은 신라의 최치원이 고려 태조에게 보낸
  "계림은 누런 이파리요, 곡령은 푸른 소나무(鷄林黃葉, 鵠嶺青松)"라는 데서도 나온
  다. 즉 곡령은 송악을 가리키는 말로 왕태가 자신이 고려 왕조의 후예라는 점에서 붙
  인 것으로 보인다. 보경(步庚)은 그의 자이다.
6) 지덕구(池惠龜, 1760~?) 자는 문재(文哉)이며 호는 연소(蓮巢)·도성자(道成子)이
  다. 위항인으로 왕태와 함께 정조 때 위항시인(委巷詩人)들의 모임이었던 송석원시사
  (松石園詩社)의 일원이었다.

1

금위영(禁衛營)에서 근무하던 변(邊)씨라는 군졸

　승지(承旨) 이양정(李養鼎)[1]이 강가를 유람하다 삼호(三湖)[2]에 이르렀는데, 어떤 한 금위영(禁衛營)[3]의 군졸이 호숫가에 앉아 있었다. 눈매가 맑고 빼어나 자못 보통 사람과는 같아 보이지 않았다. 이양정이 묻기를,

　"당신이 여기에 오래도록 앉아있는 것을 보면 무슨 생각을 하고 있는 듯한데, 혹 시를 잘 하시는지요?"

라고 하자, 그 사람이 대답하기를,

　"그렇소."

라고 하였다. 이양정이 묻기를,

　"내가 운(韻)을 불러 보겠소. 당신은 바로 '강 언덕에서 빨래하는 여

---

1) 이양정(李養鼎, 1739~1784) 자는 치공(稚功). 익헌공 창의(昌誼)의 외아들. 6세 때 어머니를 여의고, 아버지의 관심 속에서 학문에 힘써 1762년(영조 38) 사마시(司馬試)에 급제하고, 1770년(영조 46) 정시 문과에 급제하였다. 이조정랑·사간원·대사간 등의 직책을 역임하였다.

2) 서울의 마포(麻浦)를 말한다.

3) 조선 후기 중앙의 호위임무를 맡았던 군영으로 오군영(五軍營) 중의 하나이다.

인(江岸之擊漂女)'이라는 주제를 가지고 시를 지어보시구려."
라고 하고서는 이에 '사(莎)'자운을 불렀다. 그 사람이 시를 읊기를,

"강가에서 빨래하는 아가씨 풀 속에 앉았고"

라고 하였다. 또 '파(波)'자운을 부르니, 읊기를,

"방망이 소리에 끝없이 흰 물결을 날리네"

라고 하였다. 또 '가(家)'자운을 부르니, 읊기를,

"떠난 님은 돌아오지 않고 자식도 없으니,
　밤 깊고 달 밝은 밤이라 집도 잊어버렸겠지."

라고 하였다. 이양정이 크게 감탄하면서 그 성명을 물어보니, 곧 금위
영에서 복무하는 군인이었는데, 성은 변(邊)씨였으나 그 이름은 잊어버
렸다고 한다.

邊禁衛

李承旨養鼎, 江遊至三湖, 有人坐湖上, 眉目淸秀, 頗異尋常人. 李問曰, 爾
坐久, 如有思, 或能詩乎? 對曰, 然. 李曰, 吾呼韻, 爾卽賦江岸之擊漂女, 仍
呼莎字, 對曰, 江娥濯錦坐靑莎, 呼波字, 對曰, 擊漂聲聲揚素波, 呼家字, 對
曰, 征客不還無乳子, 夜深明月却忘家. 養鼎大加稱歎. 問其姓名, 卽禁衛軍,
姓邊而失名云.

2
물고기가 얼음을 지다

내 친구로 검토관(檢討官)[1]인 사원(士源) 김조순(金祖淳)[2]이 8살 때에 「강거(江居)」라는 시를 짓기를,

"강 속의 물고기가 얼음을 지고 가네"

라고 하였다. 그러자 사람들이 '얼음을 진다(負冰)'라는 뜻을 가지고 따지고 들었다. 이에 사원이 대답하기를,

"다른 책에서는 보지 못했는데, 일찍이 『칠정서(七政書)』[3]라는 책 제3판에 '물고기가 얼음을 지고 뛰어 오른다[魚陟負冰]'[4]라는 글이 있

---

1) 조선(朝鮮) 때 경연청(經筵廳)에서 강독(講讀)·논사(論思)의 일을 맡아보던 벼슬로 일정한 품계는 없었으며, 홍문관(弘文館)의 수찬(修撰) 또는 부수찬(副修撰)이 예겸(例兼)하였다.
2) 김조순(金祖淳, 1765~1832) 자는 사원(士源), 호는 풍고(楓皐). 문장이 뛰어나 초계문신이 되었고, 비명·지문·시책문·옥책문 등 많은 저술을 남겼고 죽화(竹畵)도 잘 그렸다. 저서로 『풍고집(楓皐集)』이 있다.
3) 청(淸)의 진문연(秦文淵)이 지은 역서(曆書) 8책을 말한다.
4) 이 말의 원래 의미는 '해칩(解蟄)'으로 생물들이 겨울잠에서 깨어난다는 말이다. 『예

었습니다. 그래서 그것을 인용한 것입니다."
라고 하였다. 사람들은 그 문장이 권여(權興)5)가 됨을 알았다.

　사원이 후에 소사포(素沙浦)를 건너게 되었는데, 다리가 없는지라
포구의 한 남자가 업어서 행인들을 건너가게 해주었다. 이에 사원이
다음과 같은 시를 읊었다고 하는데, 그 함련(頷聯)에 이르기를,

　　행인이 불러서 강을 건너니,
　　촌놈의 등이 배가 되었구나

라고 하였다. 시가 성대하여 두보의 시와도 같은 의취가 있다.

魚負冰

余友金檢討士源祖淳, 八歲賦江居詩曰, 江中魚負冰. 人有詰負冰意, 對曰,
他書所未讀, 曾見七政書第三板, 有魚陟負氷之文, 故引用. 人知其文章權
興. 後渡素沙浦, 浦無杠梁, 浦丁負以濟行人, 有詩云云, 頷聯曰, 行人手招
渡, 村子背當舟. 蔚有老杜意.

_____

기』 월령에는 '어상빙(魚上氷)'으로 나와 있다.
5) 사물의 시작, 시초를 말한다. 『대대례(大戴禮)』「고지(誥志)」에, "이 때에 얼음이 녹
　아서 생물들이 깨어나니, 만물의 시작이다(於時泳泮發蟄, 百權興)"라고 하였다.

3

사냥하는 요동의 노장(老將)

　나의 당고모(堂姑母)이신 조씨(趙氏)는 죽은 우의정 조도빈(趙道彬)[1])의 손녀로 통제사(統制使) 이간(李玕)의 부인이다. 성품이 준매(俊邁)하여 대장부와도 같았으며, 시를 잘 하였다. 일찍이 종친들의 모임에서 여러 젊은이들이 「음산대렵도(陰山大獵圖)」[2])를 보고 시를 지었는데, 작품들이 다 그 그림과 딱 맞아떨어질 만한 것이 없었다. 부인이 바로 시를 읊었는데, 다음과 같았다 한다.

　화살 앞에 큰 멧돼지 거꾸러지게 하는 것은 요동의 노장(老將)이요

---

1) 조도빈(趙道彬, 1665~1729) 자는 낙보(樂甫), 호는 수와(睡窩) · 휴와(休窩). 숙종 때 형조와 병조판서를 지냈고, 영조 때 우의정을 지냈다.

2) 고려 제31대 왕인 공민왕이 그린 그림으로 추정된다. 곤륜산(崑崙山)의 북쪽 자락인 음산(陰山)에서의 사냥모습을 표현하였다는 뜻에서 「음산대렵도(陰山大獵圖)」라고 하였다. 18세기 문인이자 미술평론가이기도 하였던 이하곤(李夏坤)은 「공민왕화마발(恭愍王畵馬跋)」이라는 글에서, "공민왕의 그림은 세상에 많이 보이지 않는데, 낭선공자(朗善公子)가 소장하고 있는 「음산대렵도」는 옆으로 길게 펼친 화폭이 더욱 신묘하니, 진실로 기이한 보배이다(恭愍王畵世不多見, 而朗善公子所藏陰山大獵圖, 橫卷神妙, 洵爲奇寶)"라고 한 바 있다.

채찍 아래 멋진 준마는 대완산(大宛産)3) 살진 놈이로다

이 같은 시구는 여인들이 쓴 것과 같은 고운 기미가 있는 시 같지가
않다.

遼東老

從姑趙氏, 故右相道彬之孫女, 統制使李玕之夫人也. 性俊邁, 如丈夫, 且善
詩. 嘗會宗族, 諸少年, 觀陰山大獵圖賦詩, 諸作皆不稱. 夫人卽口號云云,
有矢前封豕遼東老, 鞭下花驄大宛肥之句, 不類閨閣中鉛粉氣味.

---

3) 서역(西域)의 대완국(大宛國). 이 곳에서는 예부터 한혈(汗血)이라는 명마가 생산되
   었다고 한다.

4
저승에서 시를 읊다

인척 종숙(從叔)인 송징상(宋徵相)공의 부인은 김복택(金福澤)공의 딸이다. 그녀는 여자들이 하는 일들은 아주 잘하였으나 문자는 알지 못했다. 그런데 어느 날 갑자기 그녀가 죽고 말았다. 집안사람들이 둘러 앉아 울고 있던 중에 이틀 만에 갑자기 다시 살아났는데, 마치 술에 취해 있던 사람이 비로소 술이 깬 듯한 모습이었다. 그녀는 사람들에게 붓을 가지고 자기가 부르는 대로 쓰게 하였는데, 다음과 같았다 한다.

부용성 안에는 옥피리 소리요
십이루 끝에는 안개가 일어나네
돌아갈 꿈은 바쁜데 날은 밝으려 하고
창가에 기운 달은 꽃가지에 환하네

그리고 나서 그녀는 자신이 상계(上界)로 들어가 궁녀 여러 무리와 함께 놀았다고 말했다. 소위 '부용성(芙蓉城)'[1), '십이루(十二樓)'2)라는 것이 천상의 귀양지인 줄을 자기는 알지 못했는데, 궁녀들이 이별의 잔

치를 베풀어 주어서 자기가 이 시로써 화답을 하다가 이 때문에 깜짝
놀라 깨어났다고 한다.

還生

戚從叔, 宋公徵相夫人, 金公福澤之女也. 嫺於女紅, 未解文字. 一日忽死,
家人環泣者二日, 又忽生, 如中酒始醒. 使人把筆呼寫曰, 芙蓉城裏玉簫聲,
十二樓頭瑞靄生, 歸夢忽忽天欲曙, 半牕斜月花枝明. 仍言身入上界, 与女官
數隊遊. 所謂芙蓉城·十二樓者, 以吾未圓, 謫限女官餞之, 以詩吾和, 此因
驚覺云.

---

1) 소식(蘇軾)의 시 「부용성(芙蓉城)」에, "왔다 갔다 삼세 동안 공연히 육신을 단련하
며, 결국은 황정경 잘못 읽고 신선이 되고 말았어라. 하늘문 밤에 열리면 영혼을 통째
날리나니, 백일에 구름 수레 다시 탈 게 뭐 있으랴. 천 겁을 간다 한들 세상 인연 없어
질까, 떨어져 내리는 비취 우의(羽衣) 처연히 남는 향기로다.(往來三世空鍊形, 竟坐誤
讀黃庭經. 天門夜開飛爽靈, 無復白日乘雲軿. 俗緣千劫磨不盡, 翠被冷落凄餘馨)"라
는 구절이 있다. 『소동파시집(蘇東坡詩集)』(권16)
2) 곤륜산 위에 있는 신선이 산다는 곳이다.

5
김창열(金昌說)의 아이 때 시

삼연(三淵) 김창흡(金昌翕)[1]의 당제(堂弟)인 김창열(金昌說)이 아이 때에 시를 짓기를,

　　"큰 새[荼雀]가 바위에 들러 앉았네."

라고 하였다. 삼연이 웃으면서 말하기를
　　"만약에, '두계(豆鷄)[2]가 강을 넘어 날아가네'라고 한다면 아주 꼭

---

1) 김창흡(金昌翕, 1653~1722) 자는 자익(子益), 호는 삼연(三淵). 좌의정 상헌(尙憲)의 증손자이며, 영의정 수항(壽恒)의 셋째 아들이다. 김창집과 김창협의 동생이기도 하다. 형 창협과 함께 성리학과 문장으로 널리 이름을 떨쳤다. 과거에는 관심이 없었으나 부모의 명령으로 응시했고 1673년(현종 14) 진사시에 합격한 뒤로는 과거를 보지 않았다. 김석주(金錫胄)의 추천으로 장악원주부(掌樂院主簿)에 임명되었으나 벼슬에 뜻이 없어 나가지 않았고, 기사환국 때 아버지가 사약을 받고 죽자 은거했다.『장자』와 사마천의『사기』를 좋아하고 도(道)를 행하는 데 힘썼다. 저서로『삼연집(三淵集)』·『심양일기(瀋陽日記)』등이 있다.

2) 몸집이 작은 닭을 말하는 듯하다. 노가재(老稼齋) 김창업(金昌業)의「차이생운(次李生韻)」이라는 시에, "문 앞 논 세 번 김매니 벼가 휘영청 하고, 국국 우는 두계는 한낮이라 시끄럽네(門前三耨稻高低, 穀穀豆鷄當午嗁)"라고 하였다.

맞는 좋은 대구가 될 것이다."
라고 하였는데, 이를 들은 자들이 입을 가렸다.

▌太鳥▐

金三淵從叔父弟昌說, 兒時有作曰, 太鳥(茶雀)岩周坐. 三淵笑曰, 若云豆鷄
江越飛, 恰是佳耦. 聞者掩口.

6

향유관광탄(鄕儒觀光歎)

사간(司諫) 장정(張淀)[1]은 시로써 이름을 날린 자로 과거시험에서도 최고의 성적으로 뽑혔었다. 그가 젊은 시절에 「향유관광탄(鄕儒觀光歎)」[2]이라는 시를 지었는데, 전부 동(東)자운이었다. 시에 이르기를,

졸필이라 벌 허리 모양과 같고[3]
단문이라 게 꼬리와도 같네

라고 하였다. 또 이르기를,

---

1) 장정(張淀)은 영조 때 헌납을 지냈고, 1778년(정조 2)에는 사간에 임명되었다.
2) '시골 선비가 과거시험을 보는 데 대한 탄식'이라는 뜻이다. 여기서 '관광(觀光)'이란 과거시험에 응시한다는 뜻으로 쓰인 것이다.
3) 봉요(蜂腰). 양(梁) 나라 심약(沈約)이 말한 것으로 알려진 한시(漢詩)의 팔병(八病) 중 한 가지이다. 예컨대, 한 연구(聯句)에서, 오언(五言)일 경우 제1·2자와 제6·7자의 평측(平仄)이 같으면 이를 평두(平頭), 제5자와 제10자가 같으면 이를 상미(上尾) 제3자와 제5자가 같으면 봉요(蜂腰)라 하고, 두 연구에서 제5자와 제15자가 같으면 학슬(鶴膝)이라 한다. 이는 모두 시에서의 금기 사항이다.

두건은 몽땅 떨어진데다 시커멓고
책보는 반씩이나 붉게 변색되었네

라고 하였다. 또 이르기를,

아내에겐 쌀 찧으라고 소리치고
종에겐 제기(祭器) 빌려오라 호통치네

라고 하였다. 또 이르기를,

과거시험 날은 이미 닥쳐왔건만
이백(李白)의 꿈은 꾸어지질 않는구나

라고 하였다. 진암(晋菴) 이상국(李相國)4)이 크게 칭찬하면서 중국에
서도 고수(高手)라고 여길 것이라 하였다.

鄕儒觀光歎

張司諫淀, 以詩鳴擢魁科. 少時作鄕儒觀光歎詩, 沒東字韻, 有曰, 卒筆蜂腰
樣, 短文蟹尾同. 有曰, 儒巾全滅黑, 冊袱半沉紅. 有曰, 呼妻春白米, 叱婢貸
靑銅. 有曰, 槐黃期已迫, 李白夢難通. 晉菴李相國, 大加稱賞, 以爲華國高手.

---

4) 이천보(李天輔, 1698~1761)를 말한다. 자는 의숙(宜叔), 호는 진암(晉庵). 1761년 영
  의정에 올랐으나 장헌세자(莊獻世子)의 평양 원유사건(遠遊事件)에 인책, 음독 자결
  하였다. 담론을 잘하여 허식을 차리지 않고 남과 희소(喜笑)하기를 즐겼으며, 시에 뛰
  어난 재질을 보였다.

7

관서(關西) 기생 혜심이

관서 지방 기생인 혜심은 상당한 미인이었으며, 또 시도 아주 잘 지어 학사(學士) 김재찬(金載瓚)[1]의 사랑을 받았다. 내가 서하(西下)[2]로 사신이 되어 갈 때에 김공은 성도부(成都府) 수령[3]으로 있었다. 내가 혜심에게 다음과 같은 시를 지어 주었다.

아름다운 아가씨 나이는 열여섯
구곡간장 에이듯 글 재주가 뛰어나네
평안도관찰사께 부탁하노니
꽃다운 나이로 두지 말게나

---

1) 김재찬(金載瓚, 1746~1827) 자는 국보(國寶), 호는 해석(海石). 본관은 연안(延安). 1774년(영조 50) 문과에 급제, 81년(정조 5) 『이문원강의』를 편집하여 왕에게 바쳤다. 99년 진하겸사은사(進賀兼謝恩使)로 청(淸)나라에 다녀오고, 1800년(순조 즉위) 지실록청사(知實錄廳事)로서 『정조실록』 편찬에 참여하였다. 1806년 영중추부사가 된 뒤 우의정·좌의정을 거쳐 영의정에 이르렀다. 홍경래(洪景來)의 난을 평정하여 기근과 병란으로 인한 혼란된 세태를 안정시켰다. 저서에는 『해석집』·『해석일록(海石日錄)』 등이 있다.
2) 관서지방을 말한다.
3) 평안도 관찰사를 말하는 듯하다.

그러고 나서 혜심이를 데리고 대동강에 가서 불꽃놀이를 펼치면서
혜심이에게 시를 짓기를 바라니, 혜심이 바로 읊기를,

옥루(玉壘)⁴⁾가 맑은 강을 내리 누르니
이 천 리 어디엔가 잘못 떨어진 듯 하여라
흡사 꽃비 내리는 소리인 줄 알았더니
물결 넘실거리는 대동강물 빛이로구나

라고 하자, 한 자리에 앉았던 모든 이들이 그 기이함에 탄성을 질렀다.
평양의 소윤(少尹) 김이중(金履中)⁵⁾은 혜심이에게 초(鈔) 2,000개를 하
사했다. 이에 혜심이의 그 이름이 관서 지방에 널리 퍼지게 되었다.

蕙心

關西妓蕙心, 頗有姿色, 又工於詩, 爲金學士載瓚所愛. 余奉使西下時, 金公
爲成都府伯, 余贈蕙心詩曰, 佳娥年十六, 九曲錦腸柔, 寄語成都伯, 芳期信
莫留. 因携至大同江, 張落火戲, 顧蕙心賦, 蕙心應口對曰, 玉壘壓淸江, 千
里何錯落, 渾疑花雨鳴, 波漲大同色. 一座叫奇. 箕城少尹金侯履中, 賜鈔二
千, 名動關西.

---

4) 옥루(玉壘)는 본래 중국의 촉(蜀) 나라 수도인 성도(成都)의 서북쪽에 있는 산 이름
 이다. 여기서는 그냥 아름다운 누각을 말한다.
5) 김이중(金履中, ?~1787)) 자는 원집(元執). 정조 때 동몽교관, 평양서윤(平壤庶尹)
 을 지냈다.

8
소응천(蘇凝天)의 「백마강(白馬江)」시

소응천(蘇凝天)[1]은 호남의 거장으로 늘 백마강에서 노닐었는데, 시를 짓기를,

강물 흘러도 저 깊은 원통함 씻을 수 없는데
달은 부소산에 떠오르고 저녁 원숭이 소리 들리네
바위에 핀 꽃 다 지건만 봄은 자취도 없고
물귀신만 울며 돌아가니 눈물 자취만 남았도다
번화했던 낡은 절엔 외론 스님만 찾아오고
그 옛날의 외다리엔 한 마리 새만 시끄럽다

---

1) 소응천(蘇凝天, 1704~1760) 호는 춘암(春庵), 문명(文名)이 높고 서예에도 능했다. 성격이 호탕하여 벼슬에 뜻을 두지 않고 국내 명승지를 주유하며 음풍영월(吟風咏月)로 일생을 마쳤다. 호탕한 성격이어서 생전에 많은 일화를 남겼다. 석북 신광수는 자신이 약관에 호남에 갔을 때에 소응천이 당시 오달운(吳達運)·이언근(李彦根)과 함께 세칭 삼문장(三文章)이라고 불리는 것을 들었다고 하였다. 한편 체재공(蔡濟恭)은 그의 『번암집(樊巖集)』에서 「쌍계동천방소응천처사불우(雙溪洞天訪蘇凝天處士不遇)」라는 한 편의 시를 남기고 있다. 문집으로 『춘암유고(春庵遺稿)』 필사본 7권6책이 전해진다.

쓸쓸한 대나무는 밤새도록 울어대고
나그네는 옛 성 터에 닻줄을 맨다

라고 하였다. 사람들이 다 이 시를 전하며 외웠다.

▌ 白馬江詩 ▐

蘇凝天, 湖南之巨匠. 常遊白馬江, 有詩云, 江流不得濯深寃, 月上扶蘇聽暮
猿, 岩花落盡春無跡, 水鬼啼歸淚有痕, 繁華廢寺孤僧過, 往事斜橋一鳥喧,
怊悵竹枝終夜咽, 行人繫纜古城根. 人皆傳誦.

9

새 울자 꽃 떨어지네

새 울자 꽃 지니 동헌 뜰은 허전한데
사방 청산이 그림 속에 들었구나
아전이 난간 끝에서 졸다 홀연 일어나
방울소리 잘못 알고 놀라 동풍이라 말하네

이 시는 곧 이희지(李喜之)[1]공의 시이다. 상서(尙書) 조명정(趙明
鼎)[2]이 그의 유고(遺藁)를 인쇄했다. 그런데 이희지가 조명정의 꿈에
나타나서 말하기를,

"'조제화락(鳥啼花落)'넉 자는 근래 세속에서는 '도화난락(桃花亂
落)'이라고 고쳤으니, 그렇게 새겨 써 넣는 것이 더욱 타당할 것이다."

---

1) 이희지(李喜之, 1681~1722) 자는 사복(士復), 호는 응재(凝齋). 판서 사명(師命)의
   아들이다. 1721년(경종 1)에 성균관 유생으로 있다가 이몽인(李夢寅)의 상소로 전라도
   장흥에 유배되었다. 이듬해 경종을 시해하려 했다는 무고로 형을 여덟 차례나 받고 죽
   었다. 영조 때 신원되었으며, 저서로 『응재집』이 있다.
2) 조명정(趙明鼎, 1709~1779) 본관은 임천(林川). 자는 화숙(和淑), 호는 노포(老圃).
   영조 때 이조판서로서 특진관을 겸하였으며, 1769년 대사헌이 되었고, 이 해부터 여러
   차례 예문관제학을 역임하였다. 저서로 『노포집』이 있다.

라고 하였다. 조명정은 이를 기이한 일로 여기고서 이희지의 유고(遺稿)에다 이 말을 소주(小註)로 써 넣었다.

鳥啼花落

鳥啼花落訟庭空, 四面靑山畵圖中, 小吏欄頭眠忽起, 錯驚鈴索語東風. 卽李公喜之之詩也. 趙尙書明鼎, 刻其遺藁. 李公夢見曰, 鳥啼花落四字, 近俗改以桃花亂落, 入刻甚妥. 尙書異之, 就遺藁, 以小註書之.

10

박연폭포를 읊은 정지검(鄭志儉)의 시

내가 이전에 대흥산성(大興山城)¹⁾의 대승당(大乘堂)에 묵었다가 여기담(女妓潭)²⁾을 찾은 일이 있었다. 그 여기담의 모난 바위 위로는 물이 얽혀 돌아가면서 소리를 내고 있었다. 직학(直學) 정지검(鄭志儉)³⁾

---

1) 개성 산성리(山城里) 북방 12km지점에 위치하는 산성. 성의 둘레는 5997보(步)이고 성첩(城堞)은 1530보이다. 원래 고려시대에는 피난성(避難城)이었으나, 1675~1720년 (숙종 1~46)에 개축하였다. 산성은 만경봉(萬景峰)·청량봉(淸凉峰)·인달봉(因達峰) 등에 둘러싸여 있고 맑은 골짜기의 물이 남에서 북으로 흘러내려 절경을 이룬다. 성내에는 제승당(制勝堂) 터와 군량미를 비축했다는 북창(北倉)·동창(東倉)·내창 (內倉)·승창(勝倉)·태안창(泰安倉) 터가 남아 있다. 또한 서문 밖 474m 고지에는 돌로 된 망대(望臺)가 있다.

2) 박연폭포 아래에 있는 고모담(姑母潭)을 말한 듯하다. 고모담은 지름 40m에 이르는 연못으로 물이 매우 맑고 투명하여 못 속의 반석이 보일 정도이며, 여기에 비친 달빛과 가을단풍은 더욱 절경을 이룬다.

3) 정지검(鄭志儉, 1737~1784) 자는 자상(子尙), 호는 철재(澈齋). 영의정 광필(光弼) 의 후손으로, 석범(錫範)의 아들이다. 1784년 부제학을 거쳐 이조참판에 올랐다. 경술 (經術)과 사장(詞章)에 능하고 성품이 온아·청통(淸通)하여 강좌명사(江左名士)의 풍이 있었다. 심염조(沈念祖)와 함께 내각에 뽑혀 정조를 계옥(啓沃)하여 많은 지우 (知遇)를 입었다. 문형(文衡)에 추천되었으나 부임하기 전에 죽으니 사류들이 애석하게 여겼다. 글씨를 잘 써서 건원릉재실(健元陵齋室)의 벽시게판(壁詩揭板) 22매(枚)를 남겼다.

이 일찍이 이 곳을 지나가다가 시를 짓기를,

> 가득 찬 물은 텅 빈 듯 환하여
> 바위 수면 오고 간 자취 살핀다
> 나무 비낀 그림자조차 없으니
> 그 맑음이 지나친 듯도 하구나

참으로 이것은 하나의 경치를 만나 이루어낸 아름다운 시구이다.
나는 이에 범사정(泛槎亭)4)에 앉아서 박연폭포를 바라보면서 또 정
지검의 시를 생각해 보았다.

> 마구 흐르는 물은 첩첩 바위를 뚫고
> 꾸불꾸불 만나서 노도처럼 쌓이네
> 한 번 가면 천 길로 떨어지나니
> 그 남은 힘도 다시 끝이 없어라

라고 하였다. 또한 그 진경(眞景)을 묘사해 내었으니, 가히 '소리가 있
는 그림[聲畵]'이라고 말할 만하다.

---

4) 범사정은 1700년에 세운 것으로 박연폭포를 옆에 끼고 대흥산성 북문으로 오르는 언
덕길 중턱에 있는 정자이다. '중경지'에는 1700년에 이 건물을 세우고 옛 이름대로 현
판을 달았다고 쓰여 있다. 정면 2칸(4.55m), 측면 2칸(3.61m)의 합각집이며, 밑에는 8
각형의 높은 돌기둥을 세우고, 그 위에 흘림식 나무기둥을 이어 세웠다. 두공은 없으나
여러 곳에 소로들을 끼워 넣어 지붕을 견고하게 받들게 하였으며, 모루단청을 입혔다.

【 朴淵 】

余昔宿大興山城之大乘堂, 過女妓潭, 石角水面, 縈回舎牙呀. 鄭直學志儉, 曾
過此, 有詩曰, 空明渾積水, 石面審行坐. 不有林橫影, 淸虛恐太過. 眞箇會
境佳句. 仍坐泛槎亭, 見朴淵飛瀑, 又思鄭詩, 奔浪透積石, 盤會蓄怒勢. 一
逞須千尋, 餘力更無際. 亦寫眞景, 可謂有聲畵.

11

진사 신광하(申光河)의 시

  진사 신광하(申光河)¹⁾는 시인 신광수(申光洙)²⁾의 아우이다. 일찍이 지팡이를 잡고 장백산(長白山)³⁾에 올랐다가 청(淸)나라 사람 목극등(穆克登)이 세운 정계비(定界碑)⁴⁾를 보고서 산의 정상까지 올라가 보

---

1) 신광하(申光河, 1729~1796) 자는 문초(文初). 호는 진택(震澤). 1751년(영조 27) 사마시에 합격하였다. 그는 일생 동안 시문(詩文)을 좋아하여 삼천리 강산을 유람하며 지은 시를 <남유록(南遊錄)>·<사군록(四郡錄)>·<동유록(東遊錄)>·<북유록(北遊錄)>·<백두록(白頭錄)>·<풍악록(楓岳錄)>·<서유록(西遊錄)> 등으로 묶어서 2,000여수의 주옥같은 시를 남겼다. 그는 목만갑(睦萬甲)·이헌경(李獻慶)·정범조(丁範祖) 등과 함께 당대 사문장(四文章)으로 꼽히었다. 저서로는 『진택문집(震澤文集)』이 있다.

2) 신광수(申光洙, 1712~1775) 자는 성연(聖淵), 호는 석북(石北) 또는 오악산인(五嶽山人). 집안은 남인으로 초기에는 벼슬길이 막혀 향리에서 시작에 힘쓰며, 채제공(蔡濟恭)·이헌경(李獻慶)·이동운(李東運) 등과 교유하였다. 시명이 세상에 떨쳤는데 특히 과시(科詩)에 능하였고, 「등악양루탄관산융마(登岳陽樓歎關山戎馬)」는 창(唱)으로 널리 불렸다. 그는 사실적인 필치로 당시 사회의 모습을 보여주고 있는데 농촌의 피폐상, 관리의 부정과 횡포 및 하층민의 고난을 시의 소재로 택하였다. 악부체(樂府體)의 시로서는 「관서악부(關西樂府)」가 유명하다. 그의 시에 대하여 교우의 한 사람이었던 채제공은 평하기를, "득의작(得意作)은 삼당(三唐)을 따를만하고, 그렇지 못한 것이라도 명나라의 이반룡(李攀龍)과 왕세정(王世貞)을 능가하며 동인(東人)의 누습을 벗어났다."고 하였다. 동방의 백낙천(白樂天)이라는 칭을 받기도 하였다.

3) 백두산을 일컫는다.

려고 하였다. 하지만 때마침 안개가 짙게 끼어 나아갈 수가 없었다. 이
에 글을 지어 산신에게 제사를 올리자 조금 있으니 안개가 걷혔다. 그
래서 마침내 정상까지 올라가 중국을 바라보면서 술 한 잔을 마시며
시를 짓기를,

땅은 넓어 온갖 것들 다 받아들이고
하늘은 길어 저 혼자만 높다고 하네5)

라고 하였으며, 또 시에 이르기를,

---

4) 1712년(숙종 38) 조선과 청나라 사이에 세워진 경계비. 백두산이 청조(淸朝) 발상의
   영산(靈山)이라 하여 그 귀속을 주장하던 청은 1712년 오라총관(烏喇摠管) 목극등(穆
   克登)을 보내어 국경문제를 해결하자는 연락을 해왔다. 조선에서는 참판(參判) 권상유
   (權尙游)를 접반사(接伴使)로 보내었으나, 청의 사절이 함경도로 입국함에 따라 다시
   참판 박권(朴權)을 접반사로 출영(出迎)하게 하였다. 이때 조선측의 접반사는 산정에
   오르지도 못하고 목극등 자신이 조선측의 접반사 군관(軍官) 이의복(李義復), 감사군
   관(監司軍官) 조태상(趙台相), 통관(通官) 김응헌(金應) 등만을 거느리고 산정에 올라
   가 거의 일방적으로 정계비를 세웠다. 그 지점은 백두산 정상이 아니라 남동방 4km,
   해발 2,200m 지점이었으며, 비면(碑面)에는 위에 대청(大淸)이라 횡서하고 그 밑에 '烏
   喇摠管 穆克登, 奉旨査邊, 至此審視, 西爲鴨綠, 東爲土門, 故於分水嶺, 勒石爲記,
   康熙 五十一年 五月十五日'이라 각서(刻書)하고 양쪽의 수행원 명단을 열기하였다.
5) 이 시는 신광하가 1784년에 지은 「등대각봉(登大角峰)」 4수 중 제3수로 『진택문집
   (震澤文集)』(권6) <백두록(白頭錄)>에 실려 있다. 그는 자신의 호까지도 '백택(白澤)'
   으로 바꿀 만큼 백두산을 좋아했다고 한다. 이 시의 전문은 다음과 같다.
       崑崙西落脈 곤륜산이 서쪽으로 떨어진 줄기여서
       元氣直東奔 그 원기가 곧바로 동쪽으로 달렸구나
       地闊容群小 땅은 넓어 온갖 것들 다 받아들이고
       天長任獨尊 하늘은 길어 저 혼자만 높다고 하네
       高秋臨大角 깊은 가을 이 대각산에 올라서서
       落日見中原 해질녘에 중원을 바라보노라
       寂寞宙地黑 하늘과 땅은 적막 속에 어둑하니
       應沈未化鯤 필시 아직 날지 못한 곤새가 숨어있겠지

　파리한 선비 이 변새의 끝자락에 서니
　앙상한 나무 아래로 하늘 바람 부는구나6)

라고 하였다. 시가 웅건(雄建)하여 가히 외울 만 하다.

申進士

進士申光河, 詩人光洙之弟. 嘗挾策登長白山, 見淸人穆克登定界碑, 欲窮絶頂, 時有霧藏岀, 不可進. 乃爲文祭山神, 已而霧開, 遂至極處, 以臨夷夏, 飮酒賦詩, 有曰, 地濶容群小, 天長任獨尊. 有曰, 癯儒臨絶塞, 落木下天風. 雄建可誦.

---

6) 이 시 역시 <백두록>에 「강변(江邊)」이라는 제목으로 실려 있는데, "老儒臨絶塞, 亂木下高風"이라고 하여 위의 인용된 시구와는 다소 차이가 있다.

12
시인 김광태(金光泰)

시인 김광태가 영남을 유람하다 해인사에 묵으며, 시를 짓기를,

샘물 소리는 노불(老佛)로 남게 하였고,
솔 기운은 고승(高僧)에 오르게 하였구나

라고 하였다. 관찰사 조현명(趙顯命)[1]이 이 곳을 행차하였다가 이 시
를 보고는 기이하게 여겨 조정에 들어가 그를 9품의 벼슬을 하게 하였
다. 광태가 이로 인해 조현명과 벗이 되었다.

---

1) 조현명(趙顯命, 1690~1752) 자는 치회(稚晦), 호는 귀록(歸鹿)·녹옹(鹿翁). 1730
년(영조 6)에 경상도관찰사로 나가 영남의 남인을 무마하고 기민(饑民)의 구제에 진력
하였으며, 1750년(영조 26)에 영의정을 지냈다. 저서로는 『귀록집』이 있고, 『해동가요』
에 시조 1수가 전하고 있다.

〖 金詩人 〗

詩人金光泰, 遊嶺南, 宿海印寺, 題詩曰, 泉聲留老佛, 松氣上高僧. 觀察使
趙顯命行部至此, 見而奇之, 入爲流內銓除, 光泰職因定交.

13
원주의 농사꾼 한유안(韓幼安)

한유안(韓幼安)[1]이라는 사람은 강원도 원주의 아주 깊은 골짜기에서 살았는데, 평생 힘써 농사만 짓고 살았을 뿐 시를 잘 짓지는 않았다. 하지만 혹 시를 짓기만 하면 아주 곱고도 아름다웠다. 「봉래각(蓬萊閣)[2]」이라는 시에 이르기를,

부용못가의 봄날은 그림과도 같고,
녹관루의 하루는 일 년과도 같구나

라고 하였다. 「한거(閑居)」 시에 이르기를,

---

1) 한유안에 대해서는 자세한 것은 알 수 없으나 윤행임의 문집인 『석재고(碩齋稿)』(권 1)에 1779년에 쓴 「차농옹운송한유안(次農翁韻送韓幼安)」이라는 시가 실려 있는 것으로 보아 윤행임과는 평소에 가까웠던 사이였던 것으로 짐작된다.
2) 원주의 선화당(宣化堂) 연못 가운데 있었던 크기 6간의 정자. 1774년 감사 신완(申琓)이 신축했다고 전해진다.

시냇가의 새는 그림책을 엿보고,
숲 속 사슴은 바둑 두는 소리 듣네

라고 하였다.

韓幼安

韓幼安者, 居原州絶峽, 力農平生, 不賦詩. 或賦輒麗媚. 蓬萊閣詩曰, 芙蓉池上春如畫, 綠管樓中日似年. 閑居詩曰, 溪禽窺畵譜, 林鹿聽棋聲.

14
태학전사(太學典史) 주영창(朱永昌)

성균관의 전사(典史)인 주영창은 자못 시를 잘한다고 일컬어졌다. 내가 그를 불러서 시험해보려고 '환(丸)'자운을 부르니, 영창이가 바로 소리 내어 읊기를,

늙어가니 시는 빈껍데기일 뿐이요,
취하니 이 천지도 탄환만큼 작구나

라고 하였다. 풍류와 운치가 있어서 가볍지가 않다.

太學典史

太學典史朱永昌, 頗以詩見稱. 余召而試之, 呼丸字, 永昌輒應聲曰, 老去詩篇只虛殼, 醉來天地亦彈丸. 有以見風韻也. 不草草.

15

영남 사람 채갑서(蔡甲瑞)

　영남 사람 채갑서는 재주로 이름이 났으나 요절하였다. 그의 시 중
「급우(急雨)」에서 이르기를,

　　　푸른 하늘이 가끔 나가자,
　　　소나기가 쏴쏴 쏟아지네.

라고 하였는데, 영남의 선비들이 이 시구를 외워서 전하는 이들이 많다
고 한다.

█ 蔡甲瑞 █

嶺人蔡甲瑞, 有才名而夭. 其急雨詩曰, 靑天出往往, 白雨墮絲絲. 南士多誦
傳云.

16
금산군(金山郡)의 아전 백봉장(白鳳章)

金산군의 아전(서리를 일컫는 말이다) 백봉장(白鳳章)은 관가 창고 물건의 수량이 부족하게 되자 고을 수령이 자신을 파직시킬 것임을 알고는 달아나버렸다. 그의 시에 이르기를,

통곡하며 선친의 묘를 이별하자니
가을바람에 백발의 정만 남았구나
하늘과 땅 머무르는 곳이 내 집이요
강과 바다 떠나면 다 내 갈 길이라네

라고 하였다. 또 이르기를,

강가의 달은 휘영청 안개 일어나
물가 마을 떠도니 밤이 환하구나
나그네는 누워 남쪽 갈 길 생각하니
약목(若木) 길은 꾸불 대마(大馬) 길은 평평
(약목과 대마는 지명이다)

라고 하였다. 「병후(病後)」라는 시에서는 이르기를,

뜰의 살구꽃은 언제쯤 피었을까?
이웃 친구는 이 꽃 피는 날 왔을테지

라고 하였다. 어떤 사람이 그 시의 뜻을 묻자 백봉장이 말하기를,
 "병이 들었다가 일어나 보니 살구꽃은 이미 시들어버려서 나는 그
살구꽃이 언제 피었었는지를 몰랐소. 그런데 이웃 친구가 날마다 나를
찾아오지 않음이 없었을 터인데, 내가 정신이 없었는지라 알지를 못하
다가 조금 병이 차도가 있자 그제야 알게 되었소. 그래서 그렇게 말한
것이오."
라고 하였다. 사람들은 그의 기억력에 감탄하였으니, 실로 안목이 있었
던 것이다.

『 金山郡 』

金山郡衙前(胥吏之稱)白鳳章, 管庫虧欠, 知君將賫之辟, 鳳章走之. 其詩云,
痛哭辭先廟, 秋風白髮情. 乾坤留處室, 江海去皆程. 又云, 江月蒼蒼江靄生,
水村浮動夜虛明. 行人臥計征南路, 若木透迤大馬平(若木·大馬, 地名). 其
病後詩云, 庭杏何時發, 隣朋是日來. 人有問其意者, 白曰, 病起而杏花已殘,
吾不知發在那時, 且隣朋未嘗不日日來也. 吾昏不省, 及差痊始知之. 故云,
人歎其記. 實有眼目.

17
청운백설(青雲白雪)

　태학의 관리로 있는 성이 안씨(安氏)라는 자는 저술한 것이 많았으며, 더욱이 시에 뛰어났다. 그의 시에 이르기를,

　　청운로(青雲路)[1] 저 편 문은 늘 닫혀있어서
　　백설조(白雪調)[2] 높은 줄을 세상이 알지 못하네

라고 하는 시구는 세상에 회자되었다.

青雲白雪

太學吏姓安者, 多著述, 尤長於詩. 詩有青雲路隔門尙掩, 白雪調高世莫知之句, 膾炙於世.

---

1) 높은 벼슬을 한 고관대작들이 사는 거리.
2) 거문고 곡명. 비추부(悲秋賦)로 유명한 초(楚)의 송옥(宋玉)이 쓴 「송옥풍부(宋玉諷賦)」에, "그 안에 거문고가 있기에 신(臣)이 그를 안고 뜯다가 유란곡(幽蘭曲)·백설곡(白雪曲)을 만들었지요."라고 하였다.

18
운래정(雲來亭) 이허중(李虛中)

이허중[1]은 여항인이다. 젊었을 때부터 글과 술을 일삼으며, 스스로 그 호를 '운래정'이라 하였다. 내가 일찍이 그의 유고를 각리(閣吏) 김 의항(金義恒)에게 얻어서 한 번 읽어 보았는데, 그 중에 다음과 같은 시구가 있었다.

가을 해는 어슴푸레 저녁 절구질 소리에 저물어가고
멋진 거문고 소리는 아주 맑아 온 산을 울리는구나

라고 하였는데, 상당히 기발하고 새롭다.

---

1) 이시중(李時重)을 말한다. 초명은 죽년(竹年)으로 자가 허중(虛中)이며, 호는 운래정 (雲來亭)이다. 지조가 높고 고결하였으며 자신의 재능을 드러내지 않고 살았다. 『풍요 속선』 권5에 11수의 시가 실려 있다.

【 雲來亭 】

李虛中, 閭巷人也. 少時事文酒, 自號雲來亭. 余嘗求其遺稿於閣吏金義恒,
一見之, 如秋日荒荒下夕舂, 瑤琴淸切四山空云云. 頗警新.

19
왕태(王太)[1]

왕태[2]는 고려 왕씨의 후예이다. 집이 가난하여 생계조차 유지하기가
어려워 금호문(金虎門)[3] 밖 김씨 노파의 가게에서 술을 팔아 생활했다.
이 때 그의 나이는 24세였다. 시를 잘 지었는데, 「야화(夜話)」라는 시
에서 이르기를,

　　남루(南樓)에서 자리를 베풀고 만나니
　　도란도란 이야기로 이 밤이 아까운데

---

1) 왕태(王太, 생몰년 미상) 자는 보수(步廋). 호는 수리(數里). 일명 한상(漢相). 가난한
집안에 태어났으나 시문(詩文)에 뛰어났다. 정조 때 천수경(千壽慶)을 중심으로 장혼
(張混)·김낙서(金洛瑞)·조수삼(趙秀三)·박윤묵(朴允默)·차좌일(車佐一) 등과
함께 송석원시사(松石園詩社)의 일원으로 시를 읊었고, 윤행임(尹行恁)의 천거로 어
전에서 시를 지었다. 무과(武科)에 급제, 조령별장(鳥嶺別將)을 지냈다. 『풍요속선』
(권4)에 그의 시 10수가 실려있다.
2) 버클리대본과 연세대본에는 왕한상(王漢相)으로 되어 있다. 또한 내용에 있어서도
버클리대본은 뒷부분이 빠진 채 축약되어 있으며, 연세대본은 몇몇 글자가 달리 표기
되어 있다.
3) 창덕궁의 서문이다. 오행(五行)의 금(金)은 서쪽을 가리키고, 사신(四神) 가운데서는
백호가 서쪽을 차지하고 있기에 붙여진 이름이다.

바람 들자 고목이 된 버드나무 울어대고
잔설은 겨울 매화를 환하게 비추어 주네
달빛 따라 자주자주 자리를 옮기고
봄을 찾아 거듭거듭 술을 마신다
이렇게 노는 것이 적으나마 좋은 일이라
서로가 돌아보며 환하게 웃음꽃을 피운다

라고 하였다. 또 「교행(郊行)」이라는 시에 이르기를,

찬 서리에 간 밤 비도 지나가자
이 해도 다 가는 줄을 알겠구나
들은 탁 틔고 가을이라 달빛 환하고
강은 맑고 밤이라 안개도 적네
울던 새도 사람도 다 가버린 뒤에
잎 지고 말 울어대는 소리 앞에
행색이 어찌도 이렇게 쓸쓸한지
아픈 마음에 나그네 먼저 병들겠네

라고 하였다.

　왕태는 낮에는 술을 팔고 밤에는 글을 읽었는데, 그 모습이 고아하여 옛사람의 풍모가 있었다. 나는 이 당시에 내각의 대교(待敎)로 있었는데, 평소에 각리(閣吏)로부터 그의 시에 대해 들은 적이 있었다. 하루는 퇴청한 뒤에 그의 술 가게에다 말을 멈추고는 그를 불러 지내온 내력을 물으니, 자신을 왕진(王瑨)이라고 하였다. 나는 그의 재주를 시

험해 보려고 다음 날 아침 내각으로 들어와 서로 만나기로 약속하였다. 그런데 다음 날 들으니 그가 이미 장용영(壯勇營)⁴⁾에서 불러서 갔는데, 거기서 그에게 별도의 한 벼슬자리를 마련해 주고 한 섬이나 되는 녹봉도 주면서 자신의 공적을 쓰게 하였다고 한다. 사람의 곤궁함과 형통함은 말로 다할 수 없다.(왕태가 세상에 알려져 그 작은 이름이라도 나게 된 것은 바로 이 때문이었다)⁵⁾

王太

王太, 麗氏後裔也. 貧窶不能自存, 爲酒保於金虎門外金媼肆. 時年二十四, 善詩. 其夜話詩云, 爲設南樓會, 淸談惜夜催. 屬風鳴古柳, 殘雪照寒梅. 逐月頻移席, 尋春屢引盃. 玆遊頗勝事, 相顧好顔開. 其郊行詩云, 霜寒徑宿雨, 知是歲窮天. 野闊秋多月, 江淸夜少烟. 鳴禽人去後, 落葉馬嘶前. 行色何蕭愍, 傷懷病客先. 太晝賣酒, 夜讀書, 形貌古雅, 有古人之風. 余時以內閣待敎, 素聞其詩于閣吏. 一日公退, 停轡于酒肆門, 招門其所從來, 乃曰, 王璉云. 欲試其才, 期以明朝入內閣相見, 翌日聞之, 已自壯勇營招去, 而別設一窠, 付祿賜以石, 渠書功業云. 人之窮通, 莫之勝說.(以太行世小名故也)

4) 조선 후기 국왕의 호위를 맡아보던 숙위소(宿衛所)를 폐지하고 새로운 금위체제(禁衛體制)에 따라 조직·개편한 국왕의 호위군대로 1785년(정조 9)에 설립되었다.
5) 이경민(李慶民)의 『희조일사(熙朝軼事)』에는 왕태에 관해 보다 자세하게 기록하고 있다. 즉 그는 스물넷에 김가 노파의 술집에 중노미로 들어가 술을 나르는 틈틈이 책을 읽었다. 그러자 술집 할머니는 화를 내며 책을 읽지 못하게 했다. 하지만 그는 그래도 품속에 책을 숨기고 오며 가며 읽고, 물을 끓일 때는 아궁이 불빛에 비춰 책을 외웠다. 이에 할머니도 감동하여 날마다 초 한 자루씩을 주어 밤에 읽도록 했다. 이로써 그의 문사(文辭)는 크게 진전되었다. 그러나 그를 알아주는 이는 없었다. 그런데 한번은 품삯을 받고 대궐문 밖에서 보초를 선 일이 있었다. 환한 달빛 아래서 책을 외웠는데 마침 윤행임(尹行恁)이 입궐하다 그 소리를 듣고 멈춰서 사연을 묻고 정조 임금에게 자초지종을 고했다. 정조는 기특하게 여겨 왕태를 탑전(榻前)으로 불러 시험하고, 장용영(壯勇營)에 소속시켜 녹봉을 받게 하고는 경서를 하사하고 중학(中學)에 입학시키는 특전을 베풀었다. 그는 70세로 졸하였다고 한다.

20
노비 단전(亶佃)

단전[1]은 우의정 유언호(兪彦鎬)[2] 집의 노비이다. 자를 운기(耘岐),
호를 고문(古文)이라고 한다. 서법에 뛰어났으며, 특히 근체시에 공교
로워 사대부들 사이를 따라 노닐었다. 그 「강행(江行)」[3]시에 이르기를,

---

1) 이단전의 본관은 연안(延安)이며, 자는 운기(耘岐). 자호를 필한(正漢) 또는 인헌(因
軒)이라고 하였다. 조수삼은 「이단전전병소서(李亶佃傳幷小序)」(『추재집』 권8)를 써
서 그의 죽음을 애도한 바 있는데, 이 전에 의하면 이단전은 키가 작고 애꾸눈이었으며,
말도 어눌했다고 한다. 하지만 글을 잘 지었으며, 특히 시로써 사대부들사이에 이름이
났다고 하였다. 아정 이덕무를 스승으로 삼았는데, 매우 빈궁하게 살다가 어느 세밑에
길에서 36세로 죽고 말았다. 장혼도 「비이단전(悲李亶佃)」(『이이엄집(而已广集)』 권
5)이라는 시를 지어 그의 죽음을 애도한 바 있다. 『풍요속선』에는 그의 시 15수가 실려
있다.

2) 유언호(兪彦鎬, 1730~1796) 본관은 기계(杞溪). 자는 사경(士京), 호는 칙지헌(則止
軒). 이조참의·개성유수·규장각직제학·평안감사를 거쳐, 1787년(정조 11)에 우의
정에 올랐다. 어려서부터 문학으로 이름이 있었으며, 저서로는 『칙지헌집(則止軒集)』
이 있다.

3) 『풍요속선(風謠續選)』에는 이 시의 제목이 「범양호(泛楊湖)」라고 되어 있다. 시의
전문을 들어보면 다음과 같다.

文酒風流載一船　술 마시고 시 읊는 풍류 한 배에 싣고
仙游峰下任盤旋　선유봉 아래로 돌아가는 대로 맡기네
一江楊柳黃昏月　온 강엔 버들가지 황혼에 달뜨는 때요
兩岸蒹葭白露天　양 언덕엔 갈대숲 이슬 가득한 하늘이라

배는 지나가도 강물은 그대로요
기러기 내려앉아도 들판은 아득해

라고 하였다. 또 이르기를,

피리 소리는 밤 흔들며 떨어지고
등불 그림자 강물 거두고 돌아가네

라고 하였다. 「남관왕묘(南關王廟)」⁴⁾시에 이르기를,

옛 사당은 고요한데 햇빛 차갑고
엄숙한 모습에 한나라 의관일세
당시에 통일의 꿈 이루지 못해
적토마도 천년간 안장 풀지 못하네

라고 하였다.

過盡帆檣江自在 배는 지나가도 강물은 그대로요
落來鴻雁野茫然 기러기 내려앉아도 들판은 아득해
笙歌莫向煙磯上 생황 노래 안개 낀 강가로 들리게 말라
怕攪漁翁穩夜眠 늙은 어부 곤한 밤잠 깨울까 두렵구나

4) 『풍요속선(風謠續選)』에도 실려 있다. 남관왕묘(南關王廟)는 중국 삼국 시대 촉한(蜀漢)의 무장 관우(關羽)를 모시기 위해 세운 묘로서, 일명 관제묘(關帝廟)라고도 한다. 우리나라에는 임진왜란시인 선조 31년 경상도 성주와 안동에 명군(明軍)이 처음 세웠고, 이어 서울에도 동묘(東廟: 지금의 신설동에 있음)와 남묘(南廟)가 세워졌다. 여기서의 남관왕묘는 바로 남묘를 말하는데, 남대문 밖 도동(桃洞)에 명장(明將) 마귀(麻貴)가 관우 제사를 지낸 후, 선조 32년 왕명으로 묘를 세우고 '현령소덕무안왕묘(顯靈昭德武安王廟)'라 이름하여 춘·추로 장신(將臣)을 보내어 제사 드렸으며 때로는 왕이 친림하기도 했다 한다.

스스로 그 호를 '필재(疋齋)'라고 하였는데, 그 지닌 본래의 뜻을 가히 알 수가 있다.

('疋'자는 '下人' 두 글자를 합성한 것이라 한다)

【 亶佃 】

亶佃, 兪右相彦鎬家奴也. 字曰, 耘岐. 號古文, 善書法, 尤工於近體, 從遊士夫間. 其江行詩云, 過盡檣帆江自在, 落來鴻雁野茫然. 又云, 角聲搖夜落, 燈影斂江歸. 南關王廟詩云, 古廟深深白日寒, 儼然遺像漢衣冠. 當年未了中原事, 赤兎千秋不解鞍. 自號曰, 疋齋, 可知其持本之意..(疋字以下人二字成字云)

21

해주의 전만거(田滿車)

청나라 강희제 때 우리나라에 큰 기근이 들었다.[1] 그래서 청에다 곡식을 요청하여 백성들을 구휼하려고 하였다. 해주 지역에 전만거[2]라는 자가 있었는데, 그가 강개하여 시를 지어 자신의 뜻을 나타내기를,

듣자하니, 연경의 곡식을
오만 섬이나 실어 왔다하네

---

[1] 『희조일사(熙朝軼事)』에는 1699년(숙종 25)의 일이라고 기록하였다. 『숙종실록』(24년 4월 29일)에는 당시 집의(執義) 정호(鄭澔)가 서곡(西穀)을 들여오는 일이 옳지 않음과 또 이로움이 없음을 숙종에게 간곡하게 아뢰는 기사가 나타나 있다.

[2] 전만거에 대해서는 『희조일사(熙朝軼事)』와 『국조인물지』에도 나와 있는데, 숙종 때 사람이라고 하였으며, 해주 수양산 아래에서 70년을 살았다고 한다. 이 책들에는 그의 시 한 수를 더 기록하여 놓았는데, 그는 이 시를 읊고 난 그 해에 산속으로 들어가 나물을 캐어서 먹고 살았으며, 어디서 생을 마쳤는지를 모른다고 하였다. 그가 남긴 또한 수의 시는 다음과 같다.

我本淸寒有一牛	나는 본래 빈한하여 소 한 마리밖에 없지만
輟耕閒放峽中秋	밭 갈기 멈추고 중추에 골짝에다 놓아버렸네
騎來不向人間路	그 소 타고 세상길로 향하지 않으리라
恐飮當年洗耳流	그 때의 귀 씻고 흘린 물 마실까 두렵다네

"해서의 백성에게는 주지 말라
수양산에 고사리가 푸르니"

라고 하였다.(해주에는 수양산이 있고, 그 산 속에는 백이와 숙제의 사
당이 있으며, 또 그 아래에 고사리가 많다고 한다)

❰ 田滿車 ❱

淸主康熙時, 本國大饑, 請穀于淸, 將賑之, 海州有田滿車者, 慷慨作詩, 以
見志曰, 聞道燕山粟, 東輪五萬斛. 莫貸海西民, 首陽薇蕨綠.(海州有首陽山,
山中有夷齊廟, 廟下多薇蕨云)

22
관서의 기생 향애(香靄)

향애는 관서 지방의 이름난 기생이었는데, 우장군(右將軍) 김지묵(金持默)1) 공에게 총애를 받았다. 일찍이 시를 지어 이르기를,

손으로 대동강물 끊어버릴 수만 있다면
나의 기생 이름을 끊어 버리고 싶다네

라고 하였다.

▌ 香靄 ▐

香靄, 關西名妓. 幸於右將軍金公持默. 嘗有詩云, 手抉大同江上水, 抉湔儂世妓兒名.

---

1) 김지묵(金持默, 1724~1799) 자는 유칙(維則). 정조 때 주로 무관직에 발탁되어 1787년(정조 11) 총융사・어영대장, 1790년 금위대장・장용사(壯勇使) 등을 거쳐 1793년 호조참판・비변사당상・판돈령부사를 지낸 뒤 기로소에 들어갔다.

23

권필(權韠)·이안눌(李安訥)·차천로(車天輅)
시의 특징

석주(石洲) 권필(權韠)1)의 시에 이르기를,

마천령 밖 산은 길고 눈 쌓였는데
압록강가의 풀은 절로 봄이로구나

라고 하였다. 동악(東岳) 이안눌(李安訥)2)의 시에 이르기를,

---

1) 권필(權韠, 1569~1612) 자는 여장(汝章), 호는 석주(石洲). 정철(鄭澈)의 문인으로, 성격이 자유분방하고 구속받기 싫어하여 벼슬하지 않은 채 야인으로 일생을 마쳤다. 유희분(柳希奮) 등의 방종을 임숙영(任叔英)이 「책문(策文)」에서 공격하다가 광해군의 뜻에 거슬려 삭과(削科)된 사실을 듣고 분함을 참지 못하여 「궁류시(宮柳詩)」를 지어서 풍자, 비방하였다. 이에 광해군이 대노하여 시의 출처를 찾던 중, 1612년 김직재(金直哉)의 무옥(誣獄)에 연루된 조수륜(趙守倫)의 집을 수색하다가 연좌되어 해남으로 귀양가다가 동대문 밖에서 행인들이 동정으로 주는 술을 폭음하고는 이튿날 44세로 죽었다. 시재가 뛰어나 자기성찰을 통한 울분과 갈등을 토로하고, 잘못된 사회상을 비판 풍자하는 데 주목할만한 성과를 거두었다. 『석주집(石洲集)』과 한문소설 『주생전(周生傳)』이 현전한다.
2) 이안눌 (李安訥, 1571~1637) 자는 자민(子敏), 호는 동악(東岳). 권필과 쌍벽을 이루

외론 성에. 초생 달만 시름겹게 걸려 있고
고향의 겨울 매화는 꿈속에 떨어지네3)

라고 하였다. 오산(五山) 차천로(車天輅)4)의 시에 이르기를,

바람 너머로 노한 소리 발해까지 들리는 듯한데
눈 속에서 시름에 차 음산(陰山)5)을 바라보네6)

있었으며 이태백(李太白)에 비유되었다. 시작(詩作)이 4379수에 이르고, 두보(杜甫)의
시를 만 번이나 읽었다 하며, 시작에 있어 매우 신중해서 일자일구(一字一句)도 가벼
이 쓰지 않았다고 한다. 정철(鄭澈)의 가사 「사미인곡」의 창을 듣고 지은 「문가(聞歌)」
가 특히 애창되었으며, 임진왜란 때 동래(東萊)가 함락된 날을 두고 지은 「사월십오일」
이라는 장편시는 국난을 형상화한 사실적인 작품이다. 저서에 『동악집』이 있다.
3) 『동악선생집(東岳先生集)』(권1) <북새록(北塞錄)>에 실려 있는 「신춘서감(新春
書感)」이라는 시다. 시의 전문을 보면 다음과 같다.

　　腰橫白羽臂騂弓　허리엔 흰 깃 꽂고 팔에는 활과 화살 잡고서
　　行逐戎旆歲已窮　깃발 쫓아 가다보니 한 해가 이미 다 했구나
　　地極但看當北斗　땅 끝이라 북두칠성만 바라봐야 하는 곳이니
　　春來何處起東風　봄이 온들 어디에서 봄바람이 불어올 건가
　　孤城缺月懸愁外　외론 성에 초생 달만 시름겹게 걸려있고
　　故國閑花落夢中　고향의 겨울 매화는 꿈속에 떨어지네
　　早晚還家定相訝　집에는 언제나 돌아갈지 알 수가 없는데
　　去時年少却成翁　지나간 젊은 날이 어느새 늙은이가 되었구나

4) 차천로(車天輅, 1556~1615) 자는 복원(復元), 호는 오산(五山) · 귤실(橘室) · 청묘
거사(淸妙居士). 명(明)나라에 보내는 대부분의 외교문서를 담당할 만큼 문장이 뛰어
나 명나라로부터 동방문사(東方文士)라는 칭호를 받았다. 특히 시에 능하여 한호(韓濩)
의 글씨, 최립의 문장과 함께 송도삼절(松都三絶)로 일컬어졌다. 저서로 『오산집』·
『오산설림(五山說林)』이 있다.
5) 오늘날의 하투(河套) 이북과 대막(大漠) 이남에 있는 여러 산의 통칭으로, 흔히 중국
북방의 산들을 가리킨다.
6) 신흠의 『상촌선생집』(권60) <청창연담하(晴窓軟談下)>에는 이 시가 사람들에게 회
자된 시라고 하였다. 허균도 『성소부부고』(권26) <학산초담(鶴山樵談)>에서 이 시를
명천(明川)으로 유배 갈 때에 지은 시라고 하면서 웅혼(雄渾)하다고 평했다.

라고 하였다. 당시에 사람들이 이 세 사람의 시 중에 어느 시가 가장 좋은 지를 결정짓지 못하고 있었다. 난우(蘭嵎) 주지번(朱之蕃)7)이 사신으로 우리나라에 왔다가 관반(館伴)이 이 시들을 외워서 들려주자 주지번이 말하기를, "권필의 시는 신하가 주나라 천자의 명을 받아 번방을 제압하는 듯하니, 곧 정통이다. 차천로의 시는 큰 병거로 성루에서 적과 싸우는 듯하고, 이안눌의 시는 아름다운 여인이 곱게 단장하고 화려한 옷을 입고 있는 것과도 같다."라고 하였다.

權李車三詩

權石洲詩云, 磨天嶺外山長雪, 鴨綠江邊草自春. 李東岳詩云, 孤城缺月懸愁外, 故國寒梅落夢中. 車五山詩云, 風外怒聲聞渤海, 雪中愁色見陰山. 時人未定甲乙. 朱蘭嵎之蕃, 奉使東來館伴誦傳之, 朱曰, 權詩如周天王受制彊藩乃正統也. 車詩如元戎臨壘對敵. 李詩如佳娥靚粧麗服.

---

7) 명나라 때의 학자로, 자는 원개(元介), 호는 난우(蘭嵎)이다. 만력(萬曆) 23년(1595)에 벼슬길에 올라 예부우시랑(禮部右侍郎)을 지냈다. 그림과 글씨에 뛰어났으며, 그림과 글씨 등 골동을 사 모으는 취미를 지녔다. 우리나라에 사신(使臣)으로 다녀갔으며, 이때 우리나라 학자들과의 교류가 많았다.

24
무명씨의 고죽(枯竹)

　도성 서쪽의 주막 벽에 마른 대나무를 그린 것이 있었는데, 어떤 이름 없는 이가 이 그림에다 시를 쓰기를,

　　바람 앞에 억지로 흔들리고
　　해 향하니 더욱 앙상하구나
　　쓸쓸히 찬 빛 가득 담은 채
　　처량하게 괴론 마음만 길구나

라고 하였다. 그 창울하고 비장함은 비록 두보의 시에서라도 많이 찾아보기는 쉽지 않을 것이다. 직학사(直學士) 정지검 공은 매번 무릎을 치면서 이 시를 칭찬하였지만 그의 이름과 성이 전하지 못하는 것이 한스럽다.

枯竹

城西店壁畵枯竹, 亡名氏題曰, 臨風强披拂, 向日益蕭森. 肅肅充寒意, 悽悽
長苦心. 蒼鬱悲壯, 雖老杜詩中未易多得. 直學士, 鄭公志儉, 每擊節称賞,
恨其名姓不傳.

25

친구 이상황(李相璜)의 회문시(回文詩)

내 친구인 내한(內翰)의 주옥(周玉) 이상황(李相璜)[1]은 시문이 다 아름다웠다. 그가 난성(蘭省)[2]에서 숙직하면서 회문시(回文詩)[3]를 지 었는데, 아주 순아(馴雅)하였다. 그래서 여기에다 기록한다.

1) 이상황(李相璜, 1763~1841) 자는 주옥(周玉), 호는 동어(桐漁) 또는 현포(玄圃). 1820년 이조판서를 지냈고, 홍문관제학·평시서제조(平市署提調) 등을 거쳐, 1824년에 는 좌의정, 1833년에는 영의정에 올랐다. 저서로는 『동어집』·『해영일기(海營日記)』 가 있다.

2) 승정원(承政院)의 다른 이름.

3) 회문시란 첫 글자부터 순서대로 읽어도(順讀) 뜻이 통하고, 제일 끝 글자부터 거꾸로 읽기 시작하여 첫 자까지 읽어도(逆讀) 뜻이 통하는 시를 말한다. 뜻만 통하는 것이 아니라 운자도 맞아야 한다. 일종의 배체시(俳體詩)이자 유희시(遊戲詩)이다. 회문시 는 시인들이 정형화된 틀에서 벗어나 새로운 표현기법을 추구하고자 고심에 찬 노력 끝에 창조된 장르이다. 표의문자인 한자의 특성을 절묘하게 살려서 짓는 회문시는 한 수에 두 수의 뜻을 형상화 할 수 있는 아주 경제적인 시이기도 하다. 회문시는 앞뒤로 운자의 제한을 받고 또한 순서대로 읽거나 거꾸로 읽을 때에도 뜻이 통하도록 하여야 하기 때문에 짓기가 여간 어려운 것이 아니다. 고도의 문학적 재능이 있어야만 지을 수가 있다. 위의 이 상황의 시를 거꾸로 읽어보면 다음과 같다.

催醒睡榻午禽聽　술 깨느라 잠자는데 낮 새소리 들리고
校點開時幾卷經　교정보는 한가한 때 몇 권이나 읽었던가
來客少尋幽院竹　찾는 사람 적고 깊은 정원엔 대숲만 가득
開簾晚把遠山靑　발 걷고서 저녁 무렵 먼 산 푸르름 끌어온다

청산이 멀리서 다가와 늦게야 발을 거두니
죽원은 깊고 그윽하여 찾는 객이 적구나
책을 읽고 몇 번이나 한가롭게 교정을 보다
들려오는 새 소리에 낮잠을 졸다 깼다 하도다

라고 하였다.

【 回文 】

余友李內翰周玉相璜, 詩文俱佳, 蘭省直廬作回文詩, 甚馴雅, 玆錄于下. 靑山遠挹晩簾開, 竹院幽尋少客來. 經卷幾時閒點校, 聽禽午榻睡醒催.

26

정범조(丁範祖)와 이헌경(李獻慶)

승지(承旨) 정범조[1]와 아경(亞卿) 이헌경[2]은 다 같이 시로써 세상에 널리 알려졌다. 정범조는 「북행(北行)」이라는 시에서

봄날의 꽃다움은 나무에 다 붙어 있고
북녘의 기운은 다 산이 되어버렸구나

라고 하였다. 이헌경은 「도중(途中)」이라는 시에서

옛 역의 꽃들은 변경에도 피어나고
봄 맞은 성엔 보리가 말안장을 스쳐가네

---

1) 정범조(丁範祖, 1723~1801) 자는 법세(法世), 호는 해좌(海左). 시율과 문장에 뛰어나 사림의 모범으로 명성을 얻었고, 또 이로 인하여 영조와 정조의 총애를 받았다. 특히, 문체반정(文體反正)에 주력하던 정조에 의하여 당대 문학의 제1인자로 평가되어 70이 넘은 고령에도 불구, 오랫동안 문사의 임무를 맡았다. 문집으로 『해좌집』 39권이 있다.
2) 이헌경(李獻慶, 1719~1791) 초명은 성경(星慶). 자는 몽서(夢瑞), 호는 간옹(艮翁). 재주가 뛰어나 6, 7세에 벌써 문장을 이루었다. 저서로는 『간옹집(艮翁集)』 24권이 있다.

라고 하였는데, 이 시가 더 세상에 널리 알려졌다고 한다.

〖丁李〗

丁承旨範祖‧李亞卿獻慶, 俱以詩律鳴世. 丁之北行詩, 春芳皆着樹, 北氣盡爲山. 李之途中詩, 古驛花當戌, 春城麥過鞍. 尤播聞于世云.

27

시에 자부(自負)한 안석경(安錫儆)

안석경[1]은 시에 뛰어났다. 그 「풍악(楓岳)」[2]시에 이르기를,

연못엔 용이 누워 풍악의 푸른빛을 희롱하고
둥지엔 학이 돌며 울도(鬱島)[3]의 푸름을 엿보네

---

1) 안석경(安錫儆, 1718~1774) 자는 숙화(淑華), 호는 완양(完陽)·삽교(雪橋). 아버지
  중관(重觀)의 임소(任所)를 따라 홍천·제천·원주 등지에서 청년기를 보냈다. 당시의
  현실과 이상 사이에서 갈등을 겪다가 과거에 3차례 낙방한 뒤 강원도 횡성 삽교에서
  은거생활을 했다. 그의 저서 『삽교만록(雪橋漫錄)』중에는 야담이 수록되어 있는데, 상
  인의 움직임이나 민중적 항거의 양상 등을 생동감 있게 나타냈다. 그밖에 『삽교집』·
  『삽교예학록(雪橋藝學錄)』 등의 저서가 있다.
2) 『삽교집(雪橋集)』(권2)에는 「사선정(四仙亭)」이라는 제목으로 경련(頸聯)에 이 시
  구가 실려 있는데, 시어가 조금 다르게 나타나 있다. 시의 전문은 다음과 같다.
     平湖澹蕩接東溟 평평한 호수는 넘실넘실 동해와 맞닿았고
     仙客蘭舟爲我停 선객과 목란배는 나를 위해 멈추었구나
     雲靈朝辭千佛洞 구름 신령한 아침엔 천불동을 하직하고
     笙歌晚入四仙停 생황노래로 저녁엔 사선정으로 들어가네
     龍深臥弄楓山碧 용은 깊은 곳에 누워 풍악의 푸른빛 희롱하고
     鶴遠回窺鬱島青 학은 저 멀리 돌며 울도의 푸르름을 엿보네
     極目澄波秋日靜 맑은 물결 저 끝 바라보니 가을빛 고요하고
     松風一夢覺通靈 솔바람 한 바탕 꿈에 신령과 통함을 느끼네

라고 하였다. 그 「야망(野望)」 시에 이르기를,

　　땅을 치는 안개와 먼지 속에 외론 새 보이고
　　온 하늘 가득한 바람과 이슬은 들꽃만이 아네

라고 하였다. 그는 일찍이 봉록(鳳麓) 김이곤(金履坤)[4]의 시는 정운(正韻)을 잃지 않아 촉(蜀)나라와 같다고 하였고, 승지 민백순(閔百順)[5]의 시는 부섬(富瞻)하여 오(吳)나라와 같다고 하였으며, 처사(處士) 김복현(金復顯)의 시는 웅건(雄建)하고 참절(僭竊)하여 위(魏)나라와 같다고 하였다. 사람들이 묻기를, "선생님의 시는 어떻습니까?"라고 하자, "나는 곤륜산 꼭대기에 올라가 삼국의 옛 터를 내려다본다네."라고 하였다. 그가 자신의 시에 대해 자부함이 이와 같았다.

▌ 安錫儆 ▌

安錫儆, 長於詩. 其楓岳詩云, 潭龍臥弄楓岑碧, 巢鶴回窺鬱島青. 其野望詩云, 撲地烟埃孤鳥見, 渾天風露野花知. 嘗言金鳳麓履坤詩, 不失正韻如蜀. 閔承旨百順詩, 富瞻如吳. 金處士復顯詩, 雄建僭竊如魏. 人有問曰, 先生如何? 安笑曰, 吾登崑崙山絶頂, 俯瞰三國墟. 其自負如此.

---

3) 바다 위에서 수시로 이동한다는 전설상의 선산(仙山).

4) 김이곤(金履坤, 1712~1774) 자는 후재(厚哉), 호는 봉록(鳳麓). 본관은 안동(安東). 우의정 상용(尙容)의 6대손, 시보(時保)의 손자로서 경사(經史)에 밝고 시를 잘 지었다. 만년에 세자익위사시직(世子翊衛司侍直)으로 기용되었고 1762년 장헌세자(莊獻世子;사도세자)가 화를 입을 때 내정(內庭)에 들어가 통곡하고 사직하였다. 74년 신계현령(新溪縣令)으로 재직 중 죽었다. 저서로는 『봉록집』이 있다.

5) 민백순(閔百順, 1711~?) 자는 순지(順之). 영조 때 금산군수, 연안부사, 양주목사를 지냈고, 1771년(영조 47)에는 승지를 지냈다.

28

남숙관(南肅寬)의 「대보단시(大報壇詩)」

대보단(大報壇)[1]의 향사례(享事祀)가 이루어지고 난 뒤에 지현(知縣) 남숙관(南肅寬)[2]이 이에 느낌이 있어서 시를 짓기를,

촛불은 왜 흐릿하며 바람은 왜 들이치나
하늘도 처량하여 비가 그치지 않는구나

라고 하였는데, 세상에서 칭송받아 전해졌다.

---

1) 임진왜란 때 일본의 침략을 막고 조선을 지키기 위해 군대를 파견했던 명나라 신종의 뜻을 기리기 위해 쌓은 제단. 병자호란의 치욕을 새기며 청나라에 불복한다는 뜻이 내포되어 있다. 1704년(숙종 30) 예조판서 민진후(閔鎮厚)의 발의로 옛 내빙고 터에 지었다. 규모는 건물이 없는 제단으로 제단의 담을 쌓았는데 한쪽의 길이가 45m인 정사각형이다. 단도 정사각형으로 한쪽의 길이가 7.5m, 높이는 1.5m로 4개의 계단이 놓여 있다. 제사는 1년에 한 번 2월 상순에 택일하여 지냈고, 제례는 임금의 친제를 원칙으로 하되 부득이한 경우에는 중신이 대제하도록 하였다. 이 제도는 1884년(고종 21) 갑신정변 이후부터 중단되었다.
2) 남숙관(南肅寬, 생몰년 미상) 영조 때 영춘(永春) 현감(縣監)을 지냈다.

능호관(凌壺觀) 이인상(李麟祥)3)의 시에

　관리들 모인 곳에 비는 울어대니
　하늘이 이 제사 음악 소리 들으시는가?

라고 하였는데, 또한 함께 이름이 났으니, 풍천(風泉) 시4)와 같은 뜻을
갖추었다고 한다.

大報壇詩

大報壇享事礼成, 南知縣肅寬, 感賦云, 燭何掩翳風仍入, 天爲凄凉雨未乾. 爲
世称傳. 凌壺李麟祥詩, 雨泣冠裳會, 天聽管籥音. 亦幷名, 俱得風泉之志云.

---

3) 이인상(李麟祥, 1710~1760) 시・서・화를 갖춘 대표적인 문인화가. 자는 원령(元
靈), 호는 능호관(凌壺觀) 또는 보산자(寶山子). 불의와 타협할 줄 모르는 강직한 성격
으로 탐관오리의 부정을 참지 못하고 끝내는 관찰사와 다툰 뒤 관직을 버리고 평소 좋
아하던 단양에 은거하여 벗들과 시・서・화를 즐기며 여생을 보냈다. 비록, 서출이었
지만 명문출신답게 시문과 학식이 뛰어나 당시 문사들의 존경을 받으며, 후대의 문인
과 서화가들에게 지대한 영향을 끼쳤다.
4) 『시경(詩經)』 회풍(檜風)의 비풍(匪風)과 조풍(曹風)의 하천(下泉)을 가리킨다. 하천
은 조(曹) 나라 사람들이 포학한 공공(共公)을 미워하고 명왕(明王)과 현백(賢伯)을 사
모하여 지은 시이고, 비풍은 문왕・무왕과 주공(周公)의 정치를 사모하여 지은 시이다.

29

이광(李烑)의 「고목(古木)」 시

이광[1]은 종실(宗室) 임원공자(林原公子)의 손자인데, 그가 쓴 시 「고목(古木)」은 세상에 유명하다.

　　온 몸이 마르고 검어도 능히 굳셀 수 있고
　　가을바람 다 지나도록 홀로 놀라지 않는다
　　한 떼의 겨울 까마귀 날아간 뒤에
　　텅 빈 저녁하늘에 절로 우뚝 솟아 있구나

라고 하였다. 「치양잡영(雉壤雜咏)」[2] 시에서는 이르기를,

　　구름 오고 새 떠남은 제 각각 자연일 뿐인데
　　강은 적막하고 산은 텅 비어 오는 이가 드물다

---

1) 하은군(河恩君)에 봉해졌으며, 정조 원년에 진하사은진주겸동지행정사(進賀謝恩陳奏兼冬至行正使)가 되었다.
2) 치양(雉壤)은 황해도 연백군 배천이다.

　　그래도 앵무새 소리에 낮잠을 깨고
　　천천히 지팡이 잡고 장미를 바라보네

라고 하였다. 그 의취가 심원하고 단아하여 꾸며낸 언사가 아니다.

【古木】

李玩, 宗室林原公子之孫, 古木詩有名於世. 全身枯黑也能勁, 過盡西風獨不
驚. 一陣寒鴉飛去後, 暮天空自立崢嶸. 其雉壞雜咏曰, 雲來鳥去各天機, 水
寂山空人到稀. 却被流鶯醒午睡, 緩拖藤杖看薔薇. 其意趣深遠靚雅, 有非梔
蠟口氣.

30

김시습의 초상화를 보고 지은 정대용(鄭大容)의 시

설악(雪岳) 오세암(五歲菴)1)에는 매월당(梅月堂) 김열경(金悅卿)2) 선생의 초상화가 있는데, 하나의 족자에 스님의 모습과 세속의 모습 두 가지를 다 담고 있다. 중서사인(中書舍人) 도이(道以) 정대용3)이 시에

---

1) 오세암은 김시습이 단종의 죽음 이후 걸승이 되어 맨 처음 찾아든 암자로 이름 높다
2) 열경(悅卿)은 김시습(金時習, 1435~1493)의 자이다. 호는 매월당(梅月堂)·동봉(東峰)·청한자(淸寒子)·벽산(碧山)·췌세옹(贅世翁)이다. 1455년(세조 1) 삼각산 중흥사(重興寺)에서 공부하다가 수양대군(首陽大君)이 어린 단종을 몰아내고 왕위에 올랐다는 소식을 듣고 통분하여 나흘 동안 두문불출 단식한 뒤 읽던 책을 모두 불태워버리고 중이 되어 법명을 설잠(雪岑)이라 하고 방랑길에 올랐다. 한평생 절개를 지키며, 불교와 유교의 사상을 아울러 포섭한 사상과 탁월한 문장으로 한세상을 풍미하다가 1493년(성종 24) 59세로 생애를 마쳤다.『금오신화(金鰲新話)』·『매월당집(梅月堂集)』·『십현담요해(十玄談要解)』등의 저서가 있다.
3) 정대용(鄭大容, 1749~1805) 자는 도이(道以). 1785년(정조 9) 정시문과에 급제, 규장각직각을 거쳐 87년 영남좌도어사가 되었고, 이듬해 함경도에 흉년이 들자 북관위유어사(北關慰諭御史)로 파견되었다. 89년 감진어사(監賑御史)가 되어 진곡(賑穀)을 늘려줄 것을 상소하였으며, 이어 승지가 되었고 91년 경상도관찰사가 되었다. 93년 이조참의·대사성을 거쳐 이듬해 규장각직제학, 약원부제조(藥院副提調)를 겸하였다. 99년에는 예조참판을 지냈고, 1801년(순조 1) 고부 겸 청시청승습부사(告訃兼請諡請承襲副使)로 청나라에 다녀왔다. 이듬해 수원부유수·이조판서를 지냈고, 1804년 검교직제학·한성부판윤을 지냈다.

서 이르기를,

> 나라의 선비로 일찍이 조정에 섰다가
> 산승의 구름 가사입고 늦게야 세상을 피했건만
> 외론 마음만은 산 속 사람과 함께 하질 못해
> 머뭇거리며 한 몸이 또 한 몸을 붙잡는구나

라고 하였다. 철재(澈齋) 정지검은 이 시를 극찬하면서 말하기를,

"한 그림에서 두 가지 모습을 이처럼 실제로 기록한 것은 수 백 년 이래 처음으로 도이가 총괄적으로 잘 나타내었다고 한다."

라고 하였다.

金悅卿小照

雪岳五歲菴, 有梅月堂金先生悅卿小照, 而一簇具禪俗兩本, 中書舍人鄭道 以大容詩云, 國士朝袍早作人, 山僧雲衲晚逃塵. 孤懷不共鄕人處, 留把前身 對後身. 澈齋鄭公志儉極稱曰, 一簇兩本之實錄, 更數百年, 始得道以總裁云.

31

채팽윤(蔡彭胤)의 뛰어난 대구시(對句詩)

소경(少卿) 이서우(李瑞雨)[1]가 칠월칠석날 호당(湖堂)[2]의 채팽윤[3]
을 맞아서 연구(聯句)를 지었다. 이서우가 이르기를,

    "칠석날의 밤은 칠흑과도 같다"

---

1) 이서우(李瑞雨, 1633~?) 자는 윤보(潤甫), 호는 송곡(松谷). 1675년(숙종 1) 문장에
　 재주가 있다 하여 허목(許穆)의 추천을 받았으며, 목내선(睦來善)에 의하여 문장으로
　 천거 받아 예문관제학이 되었다.
2) 독서당(讀書堂). 조선 전기에 젊은 문관 중에서 재주가 뛰어난 사람을 뽑아 휴가를
　 주어 학문을 닦게 하던 제도로, 이 선발에 드는 것을 매우 영광으로 여겼다. 그 장소가
　 서울 동쪽의 한강변에 있었으므로 동호독서당(東湖讀書堂) 및 호당(湖堂)으로 불리
　 었다.
3) 채팽윤(蔡彭胤, 1669~1731) 자는 중기(仲耆), 호는 희암(希菴)·은와(恩窩). 1687
　 년(숙종 13) 진사가 되고, 1689년 증광문과에 갑과로 급제하여 검열을 지낸 뒤 그해 사
　 가독서(賜暇讀書)하였다. 그때 숙종의 명에 의하여 오칠언(五七言)·십운율시(十韻
　 律詩)를 지어 후일 나라를 빛낼 인재라는 찬사와 함께 사온(賜醞)의 영예를 입었다.
　 그뒤에도 호당(湖堂)에 선임된 자들과 은대(銀臺)에 나아가 시부를 지어 포상을 받았
　 으며, 그가 금중(禁中)에 노닐 때면 언제나 숙종이 보낸 내시가 뒤따라다니며 그가 읊
　 은 시를 몰래 베껴 바로 숙종에게 올리게 할만큼 시명(詩名)을 날렸다. 『희암집』 29권
　 이 있고, 『소대풍요(昭代風謠)』를 편집하였다.

라고 하자 채팽윤이 이르기를,

    "삼경(三更)에는 별자리가 삼성(參星)⁴⁾이 늘어섰다"

라고 하였다. 이서우가 무릎을 치면서 말하기를,
  "자네의 시가 이런 경지에까지 이르렀단 말인가!"
라고 하면서 마침내 붓을 내려놓고 말았다. 대개 '칠칠(七漆)'과 '삼삼(三參)'은 그 대구가 정밀하면서도 절묘하지만 '삼삼(三參)'은 더욱 놀랄만한 것이다.

▌七漆三參▐

李少卿瑞雨, 七夕日邀蔡湖堂彭胤聯句, 李曰, 七夕夜似漆. 蔡應聲曰, 三更星橫參. 李擊節曰, 君詩乃至此乎! 遂閣筆. 盖七漆三參, 對耦精切, 而三參尤覺警絶.

---

4) 이십팔수 가운데 스물한째 별자리의 별들. 오리온자리에 있으며, 중앙에 나란히 있는 세 개의 큰 별을 '삼형제별'이라 한다.

32
시장터의 아이 안의성(安義成)

운종가(雲從街)[1] 시장터의 아이인 안의성은 나이가 13살인데, 시를 짓기를,

소나무 아래에선 백 잔을 마셔도 취하질 않다가
맑은 바람 한 줄기에 별안간 정신이 든다네

라고 하였다. 사람들은 13살 아이가 이런 시를 지을 수 있다는 데 대해 참으로 기이하다고들 하였다. '백 잔을 마셔도 취하지 않는다'라는 말은 가히 동심의 발산이라고 이를 만하다.

市兒

雲從街市兒安義成, 年十三, 有詩云, 松下百盃猶不醉, 清風一道瞥然醒. 人謂十三歲兒能詩, 誠奇矣. 百盃不醉, 可謂潑童云.

---

1) 지금의 서울 종로 네거리를 중심으로 한 곳.

33

청포자(淸浦子) 허명(許溟)

허명[1]의 자는 장원(長源)이이며, 스스로 그 호를 청포자라고 하였다. 예악(禮樂)에 심오하였으며, 문장을 잘 하였다. 조국진(趙國珍) 곧 조진구(趙鎭球)[2]와는 서로 잘 아는 사이였으며, 저술한 『도동연원록(道東淵源錄)』[3]은 자못 볼 만하다. 그의 「사회(寫懷)」시에 이르기를,

연화봉(蓮花峯) 아래의 물은
투명하여 하늘빛도 담글 만 한데
종일 부는 봄바람 속에
한 곡조 부르고 또 한 잔 술 이라네

---

1) 허명(許溟)은 정조 때 장흥부사, 광양현감을 지냈고, 순조 때는 전라도 병마절도사, 함경북도 절도사, 삼도통어사 및 좌포도대장을 지냈다.

2) 영조 때 우의정을 지낸 조경(趙璥)의 아들로 진사에 올랐고, 문학과 행실이 드러났다.

3) 신라 때로부터 조선에 이르기까지 우리나라 대표적인 유학자들을 소개한 책이다. 이 『도동연원록(道東淵源錄)』은 도암(韜菴) 오희길(吳希吉, 1566~1625), 하려(下廬) 황덕길(黃德吉, 1750~1827)이 쓴 것도 있다.

라고 하였다. 사람들은 그가 오래 살아서 그 시업(詩業)을 나타내지 못
한 것을 안타까워했다.

〖 淸浦子 〗

許溟, 字長源, 自號淸浦子. 邃於禮樂, 善文章. 與趙國珍鎭球相善, 著道東
淵源錄, 頗可觀. 其寫懷詩曰, 蓮花峯下水, 澄澈蘸天光. 盡日春風裏, 一詠
復一觴. 人惜其不得永年以卒業.

34
노비(奴婢) 청혜(淸兮)

　창록(蒼麓) 김시모(金時模)[1]는 위항인으로 문장을 좋아하였는데, 남
유용(南有容)[2]에게 칭찬을 받았다. 김시모에게는 청혜(淸兮)라는 계집
종이 있었다. 또한 상당히 시에 능하였는데, 왜학통관(倭學通官)[3]인 김
치서(金致瑞)에게 시집갔다. 때마침 달이 보름달이 되려고 할 때에 김
시모가 청혜를 시험해 보려고 시를 지어 부르기를,

　　　"반달이 지나 이제 점점 배가 불러간다네"

라고 하자 청혜가 이에 응대하여 부르기를,

---

1) 김시모(金時模, 생몰년 미상) 저자의 자는 대유(大有), 호는 창록(蒼麓). 벼슬을 하지
　않았으며 시문(詩文)을 지으며 일생을 보냈다. 임성원(林聲遠), 범경문(范慶文) 등과
　교유하였다. 시집으로 『창록유고(蒼麓遺稿)』 1책이 전한다.
2) 남유용(南有容, 1698~1773) 자는 덕재(德哉), 호는 뇌연(雷淵)·소화(小華). 문장과
　시에 뛰어났고 글씨에도 일가를 이루었다. 시는 문체가 애조를 띠면서도 장중하고 힘이
　있어 법도와 감정이 잘 융화되어 있는 것으로 평가된다. 저서로는 『뇌연집』이 전한다.
3) 일본어 통역관.

"보름이 가까우니 바퀴가 되어가는 구나"

라고 하였다. 김시모가 말하기를,
"이것으로 네가 평생 지녀 온 것을 알 수가 있겠노라. 과연 증명이
되었도다."
라고 하였다.

清兮

蒼麓金時模, 以委巷人, 好文章, 爲南公有容奬詡. 時模有婢曰淸兮, 亦頗能
詩, 歸倭學通官金致瑞. 時月將望, 時模試淸兮, 呼詩曰, 過弦方漸飽. 淸兮
應聲對曰, 近望可成輪. 時模曰, 此可卜汝平生之穩也. 果驗.

35

나무꾼 정봉운(鄭鳳雲)

　　양근군(楊根郡)[1])의 나무꾼으로 성은 정(鄭)이요, 이름은 봉운(鳳雲)[2)]
인데, 포려씨(浦呂氏) 집안의 노비이다. 땔나무를 해서 평생을 먹고 살
았지만 가끔 시를 지으면 사람들을 놀라게 하였다. 그 시에 이르기를,

　　　동호(東湖)의 가을 물은 쪽빛보다 더 푸른데
　　　흰 새가 두세 마리만 또렷이 보이다가
　　　노 젓는 한 소리에 놀라 날아가 버리고
　　　석양에 산 빛만 텅 빈 연못에 가득하네[3)]

---

1) 지금의 양평군(楊平郡).
2) 『풍요속선』(권5)에는 정봉운이 "양근의 월계(月溪) 골짜기에서 살았는데, 어떠한 사
　람인지는 모르며, 그 자신이 이름과 자를 말하지 않았다. 항상 작은 배로 강호(江湖)를
　왕래하면서 땔나무를 팔았는데, 사람들은 그를 초부(樵夫)라 불렀다(樵夫, 居楊根之
　月溪峽, 不知何許人. 不自道其名字. 常以小船販柴, 往來江湖間, 人號樵夫)."라고 소
　개하였다. 그의 시 2수를 수록하였다.
3) 조수삼의 『추재집(秋齋集)』(권7)·「기이(紀異)」에는 '정초부(鄭樵夫)'라는 제목으
　로 이 시 외에도 1수의 시를 더 싣고 있다. 시의 서두에서 "정초부는 양근 사람으로
　젊어서부터 시에 뛰어났으며, 시가 볼 만한 것이 많다(樵夫楊根人也. 自少能詩, 詩多
　可觀)"라고 하면서 그에 관한 시 한 수를 지었는데, 그 시는 다음과 같다.

라고 하였다. 시의 청절(淸絶)함이 이와 같았다.

鄭樵夫

楊根郡樵夫, 姓鄭名鳳雲, 浦呂氏家奴也. 負薪以資平生, 往往賦詩, 輒驚人. 其詩曰, 東湖秋水碧於藍, 白鳥分明見兩三. 柔櫓一聲驚飛去, 夕陽山色滿空潭. 其淸絶類如此.

曉踏靑門第二橋	새벽에 동문 밖 둘째 다리를 밟노라면
滿肩秋色動蕭蕭	어깨 가득 가을빛만 우수수 흩어지네
東湖春水依然碧	동쪽 호수 봄 물결은 여전히 푸르건만
誰識詩人鄭老樵	그 누가 이 늙은 나무꾼 시인을 알랴

36

백곡(栢谷) 김득신(金得臣)의 대구(對句)

백곡 김득신[1]은 다소 흐지부지하여 사람들에게 웃음거리가 되었으나 이를 부끄럽게 여길 줄을 몰랐다. 일찍이 시 한 구를 얻어 이르기를,

"이슬 내린 풀이 벌레 소리에 젖는구나"

라고 하였다. 이 시구에 맞는 대구를 얻지 못하고 있는데, 그의 돌아가신 아버지의 제사가 있는 밤에 제물을 차리고 막 술 잔을 올리려고 할

---

1) 김득신(金得臣, 1604~1684) 자는 자공(子公), 호는 백곡(栢谷) · 구석산인(龜石山人). 진주목사 시민(時敏)의 손자이며 부제학 치(緻)의 아들이다. 1662년(현종 3) 증광 문과에 급제하여 가선대부에 올랐으며 안풍군에 봉해졌다. 정두경 · 임유후 · 홍석기 · 홍만종 등과 친하게 지내면서 시와 술로 풍류를 즐겼다. 예로부터 학문을 많이 쌓은 사람은 책읽기를 많이 하여 그러한 경지에 이르렀다고 생각하고 책읽기에 힘썼는데, 특히 「백이전」을 가장 좋아하여 1억 1만 3,000번이나 읽어 자신의 서재를 '억만재'라 이름짓기도 했다. 또한 시를 짓는 어려움보다 시를 제대로 평가해내는 어려움이 더 크다고 하고, 당시 사람들이 과거에만 열중하다보니 시의 개성이나 예술성을 무시한 채 시가 오직 입신양명의 수단으로 쓰이고 있음을 비판했다. 특히 5언 · 7언 절구를 잘 지었으며 시어와 시구를 다듬는 것을 중요시했다. 문집인 『백곡집』에 시 416수가 전하며, 홍만종의 『시화총림』에 실려 있는 그의 시화집인 『종남총지』는 비교적 내용이 전문적이고 주관이 뚜렷하게 나타나 있어 시학연구의 좋은 자료가 된다.

때에 새들이 짹짹거리며 정원 나무에서 울고 있었다. 이에 백곡이 잔을 잡고서 낭랑하게 시구를 읊기를,

　　　　"바람 맞은 나뭇가지에 새의 꿈이 위태롭구나"

라고 하였는데, 정확하게 아름다운 대구가 되었다. 그래서 그는 그 잔을 다 부어드리고서 말하기를, "선군자께서 만일 알고 계셨다면 반드시 내가 올린 이 한 잔 술을 맛보셨으리라."라고 하였다. 목멱산[2] 아래에 청학동이 있는데, 곧 백곡의 옛집 터라고 한다.

栢谷

金栢谷得臣, 頗歇後, 常被人笑, 而不知媿也. 嘗得一句曰, 露草虫聲濕. 未得其對, 先忌夜設祭, 方獻酌, 有鳥磔磔庭樹上, 栢谷執酌浪吟曰, 風枝鳥夢危. 的是佳對. 乃自傾其酌而盡之曰, 先君子若有知, 必賞吾一酌, 木覓山下靑鶴洞, 卽舊基云.

---

2) 남산을 말한다.

37

소고(素皐) 백겸문(白謙門)

병조의 관리 백윤구(白胤耇)[1]는 예학(禮學)에 심오한 것으로 세상에
일컬음을 받았다. 그의 아들 백겸문(白謙門)[2]은 스스로 그 호를 소고
(素皐)라고 하였으며, 근체시에 공교로웠다. 그 「감회(感懷)」시에 이르
기를,

큰 바다 파도 만 번이나 꺾여도 동으로 흐르나니
장사의 슬픈 바람일어 노래조차 시름에 얽히었네
사해에 오직 기자의 교화 입은 나라라 일컬어졌건만

---

1) 백윤구(白胤耇) 자는 이맹(頤孟). 호는 학고당(學古堂). 일찍이 박담옹(朴澹翁)에게
서 수학하였다. 집안이 매우 가난하고 아전의 얕은 벼슬을 하였지만 손에서 한번도 책
을 놓지 않고 옛 성현들과 같기를 마음속으로 기약하였다고 한다. 예에 밝아서 영조는
『상례보편(喪禮補編)』을 편찬할 때에 여러 신하에게 명하여 백윤구를 불러서 함께 그
일을 하도록 시켰다. 하지만 그는 이 책의 편찬이 끝나기도 전에 49세로 죽었다. 아정
이덕무는 「백윤구전」(『아정유고』 제3권)을 지은 바 있다. 『풍요속선』에는 그의 시가
3수 실려 있다. 「학고당집(學古堂集)」 3권이 있다.
2) 백겸문(白謙門) 자는 중제(悌仲). 호는 소고(素皐). 백윤구의 둘째 아들로 그 아버지
의 예를 가학(家學)으로 전하였으며, 상고(尙古)의 학문에 심오하였다. 『풍요속선』에
는 그의 시 2수가 실려있다.

백년토록 부질없이 공자의 『춘추』가 폐해졌다네
이 땅에 삼신(三臣)3)이 떠나간 것 부끄럽지 않지만
어찌 이 강산에 이릉(二陵)4)의 시름만 있었겠는가!
천리 먼 길 이 나라 구해 준 은혜라 잊을 수는 없기에
금과 비단이 유주(幽州)5)로 가는 것 참고 보고만 있노라

　일찍이 갑신년 3월 19일6)에 사람들과 함께 선무사(宣武祠)7)를 알현
하고 비분으로 혀를 차고 강개해 하면서 주자의 '명년태세우군탄(明年
太歲又涒灘)'8)이라는 시구로 운을 나누어 시를 지었다. 대개 강상의 노

---

3) 삼신(三臣)은 청(淸) 나라를 극력 배척했던 홍익한(洪翼漢) · 오달제(吳達濟) · 윤집
　(尹集) 삼학사(三學士)를 가리킨 것으로 보인다.
4) 임진왜란 때 왜군이 선릉(宣陵)과 정릉(靖陵)을 파헤친 '이릉지변(二陵之變)'을 말
　한다.
5) 현재의 중국 북경지역이다.
6) 이 때는 명나라가 망한 지 두 주갑(周甲)이 되는 해이다. 『영조실록』(40년 3월 19일)
　에는 이 날 임금이 친히 황단(皇壇)에서 망배례(望拜禮)를 행했다고 하였다.
7) 임진왜란 때에 군사를 거느리고 와서 우리나라를 도운 명나라 병부상서(兵部尙書)
　형개(邢玠)와 도어사(都御史) 양호(楊鎬)를 제향하던 사당을 말한다. 선조 31년(1598)
　지금의 서울 중구 서소문동 120번지에 세웠다. 유재건(劉在建, 1793~1880)의 『겸산필
　기(兼山筆記)』에는 백겸문이 이 선무사를 알현한 것이 1764년(영조 40) 3월 19일에
　있었던 일이라고 적고 있다.
8) 주자의 「몽은허수휴치진소원문이시견하이화답지복일수(蒙恩許遂休致陳昭遠文以詩
　見賀已和答之復一首)」(『주자대전(朱子大全)』 권9)에 나오는 시구이다. '군탄(涒灘)'
　은 고간지(古干支)의 이름으로 신(申)에 해당하며, '태세(太歲)'는 12년에 하늘을 한
　바퀴 도는 목성(木星)의 이명(異名)으로 곧 해[歲]를 이르는 말이다. 주자는 이 시구에
　다 자주(自註)하기를, "건륭(建隆: 송나라 태조의 연호) 경신년으로부터 올해 기미년
　까지 240년인데, 이제 늙고 병들었으니, 신하의 책임을 어찌하느냐."고 하였다. 이 시는
　주자가 70세 되던 남송 이종(理宗) 기미년(1259)에 치사(致仕)의 윤허를 받고나서 지
　은 것이다. 시의 전문은 다음과 같다.
　　闌干首蓿久空槃　난간의 비름나물 밥상에 오른 지 오래되어
　　未覺淸羸帶眼寬　깡마른 몸에 허리띠 넓어진 줄도 몰랐구려

련(魯連)9)과 같은 풍모가 있었으나 불행하게도 일찍 죽고 말았다.

【 素皐 】

騎省吏白胤喬, 邃於禮學, 爲世所称. 子謙門. 自號素皐, 工於近體. 其感懷
有詩曰, 溟波萬折必東流, 壯士悲風歌繆愁. 四海獨称箕敎化, 百年空廢魯春
秋. 不愧天地三臣去, 何限江山二陵愁. 千里難忘恩再造, 忍看金帛走幽州.
嘗於甲申三月十九日, 与人謁宣武祠, 悲咤慷慨, 以朱子明年太歲又沼灘之
句, 分韻賦之, 盖有江上魯連之風, 而不幸蚤死.

老去光華姦黨籍	늘그막 영광은 간신 무리에 이름 적힌 것이요
向來羞辱侍臣冠	과거의 수치는 임금님 모시며 받은 벼슬이었네
極知此道無終否	이 도가 끝내 막히지 않음을 알겠거니
且喜閒身得暫安	차라리 기뻐하며 여유롭게 잠시 평안 얻으리
漢祚中天那可料	이 나라가 중간에 꺾일 줄 누가 알았던가
明年太歲又沼灘	명년의 태세가 또 군탄을 만났구려

9) 전국시대 때의 노중련(魯仲連)을 말한다. 노중련은 성품이 고매하여 벼슬하지 않고
각국을 주유하며 분규를 해결하였고, 제후들이 진(秦)을 황제로 받들려 하자 극력 반
대하였으며, 제(齊)의 임금이 벼슬을 주려하자 해상(海上)에 은거하였다.

38

백화정(百花亭)의 젊은 과부 이희(李姬)

서울 도화동(桃花洞)에 이희라는 젊은 과부가 있었는데, 자태가 아름다웠고 더욱이 시에 공교로워 사람들 중에는 그녀의 마음을 움직이게 해 보려고 집적대는 자들이 많았다. 이희는 자기가 거처하는 곳의 편액을 '백화정'이라 하고 일찍이 시를 지어 이르기를,

삼종(三從)[1]에 그 하나도 따르지 못했으니
하늘도 원망 못하고 떠난 사람만 원망해
울적한 심정으로 백화정에 올라가 서니
꾀꼬리 울고 버들은 푸른데 봄이 가려고 하네

라고 하였다. 그리고서는 말하기를,
"만약에 나의 이 시에 화답하여 내 마음에 꼭 들게 하는 자가 있다

---

[1] 삼종지도(三從之道)를 말한다. 『예기(禮記)』에 나오는 말로서, 여자는 세 가지 좇는 길이 있으니, 집에서는 아비를 좇고, 남에게 시집가서는 남편을 좇고, 남편이 죽으면 아들을 좇는다는 뜻이다.

면 그에게 시집가리라."라고 하였다. 이에 서울 북쪽의 젊은이들이 다투어 이 시에 화답하였다. 하지만 그녀의 마음에 들게 하는 자가 없어 마침내 늙어서 생을 마쳤다고 한다.

〖 百花亭 〗

漢師桃花洞, 有李姬少寡, 美姿色, 尤工於詞律, 人多以琴心挑之者. 李姬自扁其居曰, 百花亭. 嘗有詩云, 三從無一可相親, 不怨蒼天怨逝人. 黯黯百花亭上立, 鶯啼柳綠欲殘春. 仍曰, 若能和此韻, 而合余意者, 許嫁焉. 漢北少年, 爭和之, 無當其意者, 遂終老云.

39

삼연(三淵) 김창흡(金昌翕)의 「합강정(合江亭)」 시

참의(參議) 서정수(徐鼎修)[1]가 말하기를,

"내가 일찍이 관동 관찰사로 있을 때에 인제현(麟蹄縣)의 합강정[2]에 머물렀다가 두 강 줄기가 우연히 서로 합쳐서는 한 줄기가 되어 둑 위로 솟아오르는 것을 보았다. 그래서 그 풍경을 시로 나타내 보려고 고민을 하고 있는데, 합강정에 걸린 삼연 김창흡의 '다시 서로 만난 강물이, 이 정자로부터 솟아 감도네'[3]라고 한 시를 보고는 그만 붓을 내려

---

1) 서정수(徐鼎修, 1749~1804) 자는 여성(汝成). 호는 이헌(彛軒). 영조 50년(1774) 진사시에 합격하고, 1775년 정시 문과에 병과로 급제하였다. 금천 찰방·좌랑·교리 등을 거쳐, 정조 7년(1783) 강원도 관찰사에 이어 참의·대사간·한성부 우윤·부총관·예조·호조 참판·동지성균관사·경기 관찰사 1793년 형조·예조·공조·이조의 판서를 지내고, 순조 1년(1801) 판의금부사가 되었다.

2) 인제읍 합강 2리에 있는 정자(亭子)로서 이 고장에서 유서(由緖)가 가장 깊은 것으로서 소양강 상류인 내린천이 기린방면에서 흘러내리고 서화강이 한계천과 원통에서 합류된데 연유하여 명명(命名)된 정자(亭子)로 나루터에서 양지류(兩支流)가 합류하여 조선중엽부터 합강정으로 불러오고 있다.

3) 『삼연집(三淵集)』 권6에 이 시가 실려 있다. 모두 3수로 되어 있는데, 이 시는 그 첫째 수이다. 전문을 보면 다음과 같다.

邂逅相逢水　다시 서로 만난 강물이
昭嶢自起亭　이 정자로부터 솟아 감싸네

놓고 말았다."

라고 하였다. 옛사람은 풍경을 만나매 그 실제를 말함이 이와 같음이
있었다고 한다.

【 合江亭 】

徐參議鼎修曰, 余嘗觀察關東時, 駐節麟蹄縣之合江亭, 二水偶然相合, 爲一
流有岸阧起, 欲寫景苦吟, 見板上, 金三淵詩, 邂逅相逢水, 岹嶢自起亭. 余
乃閣筆, 古人遇境道實有如此云.

丹靑雲縹渺	단청 빛은 구름처럼 아득하고
琴筑瀨淸泠	거문고 장구는 여울처럼 맑고 차네
春洞遙花出	봄 골짝엔 좋은 꽃들 피어나고
秋沙片月停	가을 모래 벌엔 조각달 멈췄네
超然上皇意	초연히 황제 같은 생각으로 오르니
嘯罷但虛汀	휘파람 그치자 텅 빈 물가뿐이로구나

40
위항인 박이극(朴爾極)

박이극의 이름은 영석(永錫)¹⁾으로 위항인이다. 집이 가난하여 늘 앉
아서 볏짚을 꼬아 옷을 만들었다. 사람들이 혹 쇠고기를 선물로 주어
도 거절하고 받지 않았다. 만년에는 은대(銀臺)²⁾의 저보(邸報)³⁾를 쓰
거나 일을 받아 처리하는 일로 생계를 꾸려나갔다. 일찍이 백운봉(白雲
峯)에 올라가 오언장편시를 지었다. 이 시에서 이르기를,

오를 때는 우러러 바라보다가
돌아 갈 때는 산등성과 짝하도다

1) 박영석(朴永錫, 1734~1801) 여항시인. 자는 이극(爾極), 호는 만취정(晩翠亭). 서울
순화방(順化坊) 누각동(樓閣洞)에 살면서 학동들을 가르치고, 저보(邸報)를 필사해주
는 것으로 생업을 삼았다고 한다. 가난에 개의하지 않고 단정한 풍모를 잃지 않아서
군자라 불리었다. 여항시인들의 시사(詩社)인 송석원시사(松石園詩社)의 구성원이었
으며, 장우벽(張友璧)·엄계흥(嚴啓興)·유세정(庾世貞)·김낙서(金洛瑞)·천수경
(千壽慶)·장혼(張混) 등 여항문인들과 사귀었다. 저서로『만취정유고』1책이 전한다.
2) 승정원(承政院)의 딴 이름이다.
3) 경저(京邸)에서 본 고을에 통지하는 연락 문서. 또는 관청에서 알리는 소식지. 주로
승정원에서 만들어 전국적으로 배포하며 배포는 경저리(京邸吏)와 영저리(營邸吏)가
맡아서 하였다.

공자가 노나라를 작게 여겼던 뜻이4)
천 년이 되어도 여전히 끝이 없구나

라고 하였다.

이극은 이미 맑고 고고한지라 한 가지 물건이라도 남에게서 취하지를 않았다. 하루는 갑자기 사람들에게 돈을 구걸하여 5, 6백전을 모아서는 그 아버지와 할아버지의 묘를 옮겼다. 사람들이 다 괴이하게 보았는데, 그 해에 큰 홍수가 나서 그 예전의 묘 자리가 함몰되어 시내가되고 말았다. 사람들이 그제야 그 기이함에 놀라워했다고 한다.5)

朴爾極

朴爾極名永錫, 委巷人也. 家貧常坐秸薦編繩爲衣袴, 人或有饋牢拒不受. 晚年書銀臺邸報, 受直以資生. 嘗登白雲峯, 作五言長篇有曰, 來時所景仰, 還與培塿聯. 夫子小魯意, 千載尙悠然. 爾極旣淸高, 不以一物取於人. 一日忽向人乞錢, 聚五六百鈔, 遷其父祖墳, 人皆見怪. 其歲大水至, 舊壙陷爲谿磵, 人始驚異云.

---

4) 『맹자(孟子)』「진심장구상(盡心章句上)」에, "공자께서 노나라 동산에 올라가시어 천하를 작게 여기셨다(孔子登東山而小魯, 登泰山而小天下)"라고 하였다. 이는 성인(聖人)의 도가 큼을 말한 것이다.

5) 『소은고(素隱稿)』에서는 박영석이 늘 꼿꼿이 앉아서 『논어』를 읽기를 그치지 아니하였는데, 성묘나 초상이 아니면 문밖을 나가지 않았다고 하였다. 그리고 저보(邸報)를 써서 제사 비용을 마련하였고, 그 처는 남의 오래된 솜을 틀며 생계를 이어나갔지만 서로가 원망하지 않아 당시의 사람들이 군자라고 일컬었다 하였다. 한편 『침우담초(枕雨談草)』에서는 그의 아버지가 병이 들었지만 땔나무를 계속 댈 수가 없어서 결국 찬 방에서 운명하자 그는 평생 방에다 불을 때지 않았다고 한다. 또 그의 제자들이 명절에 선물을 드리자 다 받지는 않고 다만 꿩과 닭만 받아서 그 털을 뽑아 방 한 가운데에다 깔고 그 고기는 돌려주었으며, 일찍이 한번도 남에게 한 가지 물건도 요구한 적이 없었다고 한다.

41

정후교(鄭後僑)의 어렸을 때의 이야기

정후교[1]는 자가 혜경(惠卿)으로 창랑(滄浪) 홍세태(洪世泰)[2], 완암 (浣巖) 정래교(鄭來僑)[3]와 동시대 사람이다. 어렸을 때에 책을 끼고 새

---

1) 정후교(鄭後僑, 1675~1755) 자는 혜경(惠卿), 호는 국당(菊塘). 고서(古書)에 통하 고 특히 시(詩)에 뛰어나 당시의 문인(文人) 신정하(申靖夏)와 서로 수창(酬唱)했고, 김삼연(金三淵)으로부터 당시(唐詩)의 절묘(絶妙)를 재현시켰다는 격찬을 받았다. 그 는 신정하(申靖夏)가 시로써 세상에 이름이 났다고 평가하던 세 사람(홍세태, 정래교) 중의 한 사람이다.

2) 홍세태(洪世泰, 1653~1725) 자는 도장(道長). 호는 유하(柳下)·창랑(滄浪). 경사 (經史)에 밝고 시(詩)에 능하여 김창협(金昌協)·김창흡(金昌翕) 등과 수창(酬唱)하 여 그들의 칭송을 받았으며, 1682년(숙종 8) 통신사(通信使)를 따라 일본에 갔을 때 여 러 사람들이 그의 시묵(詩墨)을 얻어 가보(家寶)처럼 간직하였다. 청나라 사신이 와서 조선의 시를 보고자 할 때 좌의정 최석정(崔錫鼎)의 추천으로 시를 지어 보였다. 이문 학관(吏文學官)·승문원 제술관을 거쳐 울산감목관을 지냈으며, 저서로 『해동유주(海 東遺珠)』·『유하집』 등이 있다.

3) 정래교(鄭來僑, 1681~1757) 자는 윤경(潤卿), 호는 현와(玄窩)·완암(浣巖)이며, 여 항시인(閭巷詩人)이다. 본래 한미한 집안의 출신이었으나 문명이 높았으며 특히 시에 능했다. 숙종 31년(1705) 통신사(通信使)의 역관(譯官)으로 일본에 다녀온 것이 계기 가 되어 그곳에 가 청신하고 낭만적인 시로 문명을 날렸다. 그의 시문은 홍세태(洪世 泰)의 계통을 이은 것으로서 시와 문장이 하나같이 천기(天機)에서 나온 것과 같은 품 격을 지녔다는 평을 들었다. 벼슬은 승문원 제술관(承文院製述官)을 지냈다. 저서에 『완암집(浣巖集)』이 전한다.

벽에 나갔다가 순라꾼에게 붙잡혔는데, 순라꾼이 말하기를,

"너는 어찌해서 위법하였느냐?"

라고 하자 정후교가 말하기를,

"지금 공부하려고 나가다가 붙잡혔습니다."

라고 하였다. 순라꾼이 말하기를,

"너는 사람들이 '외로운 배에 북두칠성이 밝구나[孤舟北斗明]'라고 말하던 바로 그 정혜경이가 아니더냐!"

라고 하자 그렇다고 하니 이에 놓아 주었다.

　대개 정혜경의 이 시는 당시에 회자되었던 것이다. 그 때문에 순라 꾼도 이 시구를 외우고서는 그를 놓아 준 것이다.

鄭惠卿

鄭後僑, 字惠卿, 滄浪洪世泰, 浣巖鄭來僑, 同時人也. 兒時挾冊凌晨出, 爲邏者所執, 乃曰, 爾何犯夜? 曰, 方上學而見執, 邏者曰, 爾非人語孤舟北斗明的鄭惠卿乎! 曰, 然, 乃釋之. 盖惠卿此詩膾炙當時, 故邏者亦誦而釋之.

42

조경유(趙景濰)와 저역(邸役) 김강생(金江生)

괴원(槐院)[1]의 관리 조경유[2]는 책에 대해서는 천재여서 읽지 않은 책이 없었다. 일찍이 밤에 강엄(江淹)[3]의 시를 보다가 갑자기 등불이

---

1) 승문원(承文院)을 말한다. 조선시대 사대교린(事大交隣)에 관한 문서를 맡던 관청으로 괴원(槐院)이라고도 하며, 성균관·교서관과 함께 3관(三館)이라고 불렸다.

2) 조경유는 추재 조수삼의 초명이다. 조수삼(1762~1849)의 자는 지원(芝園)·자익(子翼), 호는 추재(秋齋). 송석원시사(松石園詩社)의 핵심적인 인물로 활동하였다. 전국에 발 닿지 않은 곳이 없을 정도로 국내 각지를 빠짐없이 여행하여 많은 시들을 남겼다. 홍경래(洪景來)의 난을 사실적으로 묘사한「서구도올(西寇檮杌)」, 관북지방을 여행하면서 당시 민중의 비참한 생활상을 묘파한「북행백절(北行百絶)」등이 이러한 시풍을 대변한다. 이밖에도「석고가(石鼓歌)」·「억석행(憶昔行)」·「병치행(病齒行)」등도 장편거작으로 인구에 회자되었던 작품이다. 그리고 주로 당시의 도시하층민들의 생기발랄한 모습을 산문으로 쓰고 칠언절구의 시를 덧붙인 형식으로 되어 있는「추재기이(秋齋紀異)」, 중국 주변의 여러 나라에 대한 짧은 산문과 시의 결합으로 구성되어 있는「외이죽지사(外夷竹枝詞)」등은 한문학사상 독특한 위치를 차지하는 작품들이다. 저서로는『추재집』8권 4책이 있다.

3) 강엄(江淹, 444~505) 자는 문통(文通). 송(宋)·남제(南齊)·양(梁)의 3왕조를 섬기는 동안 양(梁)에서는 금자광록대부(金紫光祿大夫)가 되어 예릉후(醴陵侯)에 책봉되었다. 문학을 즐기고 유(儒)·불(佛)·도(道)에 통달하였으나, 문학활동은 송·제시대에 주로 하였으며 만년에는 부진하였다. 대표작에는 한(漢)나라에서 송(宋)나라에 이르는 시인 30명의 작품을 모방한 잡체시(雜體詩) 30수가 있다. 부(賦)에는 한부(恨賦)·별부(別賦) 2편이 있는데, 문사(文辭)가 화려하다. 변문(騈文)에는「예건평왕상

책에 떨어져 '석상운(石上雲)' 세 글자가 불에 타버리고 말았다. 이에
장난삼아 시를 지어 이르기를,

> 하릴 없이 동쪽 언덕[4]에서 홀로 문을 닫고
> 주묵 갈아 밤늦도록 육조의 글에 비점을 찍다
> 갑자기 종산(鍾山)[5] 아래로 등불이 떨어져
> 강엄의 '석상운' 세 글자를 불에 다 태워버렸네

라고 하였다.

「우야(雨夜)」시에서는 이르기를,

> 비바람 속에 문을 닫아걸고서
> 홀로 앉으니 아득히 생각만 일어나네
> 비 내리는 것 본시 소리조차 없는데도
> 풀과 나무는 쓸쓸히 우러렀다 보내네
> 궁조(宮調)와 상조(商調)가 아니어도
> 생황과 비파 소리 자연스레 울리네
> 사방은 맑아 물이 흐르는 듯 하고

서(詣建平王上書)」가 유명하다.

4) 도연명(陶淵明)의 「귀거래사(歸去來辭)」 중, "동쪽 언덕에 올라 멋대로 휘파람을 분
다(登東皐而舒嘯)"라고 한 구절이 있다.

5) 종산(鍾山)은 중국 강소(江蘇) 남경시(南京市) 동쪽에 있는 산 이름으로, 육조(六朝)
송(宋) 나라 때 주옹(周顒)과 공치규(孔稚圭)가 은거하던 곳이다. 주옹은 나중에 세상
에 나가 회계군(會稽郡)의 해염현령(海鹽縣令)으로 있다가 임기가 만료되어 도성으로
가는 길에 종산에 들르려고 하자 공치규가 「북산이문(北山移文)」을 지어 거절한 것으
로 유명하다. 이 시에서는 시인의 은거지를 지칭한 것이다.

등불은 고요하여 가을처럼 환하네
홀연 무술년 그 여름에
행주성 아래 배에서 자던 것 추억하노라

라고 하였다.

조경유가 한번은 관청에서 『한서(漢書)』[6]의 「조황후전(趙皇后傳)」[7]
을 읽다가 제 9판의 소위 '위능즉궁(偉能卽宮)'에 이르러서는 '위능(偉
能)'을 '위무(爲武)'로, '즉궁(卽宮)'을 '예궁(詣宮)'으로 잘못 알았다. 그
때 곁에 저역(邸役)[8] 김강생(金江生)이라는 자가 가만히 보고 있다가
말하기를,

"그렇지가 않습니다."

라고 하였다. 조경유가 놀라서 묻기를,

"너는 알 수가 있느냐?"

라고 하자 강생이 말하기를,

"그렇습니다. 위능은 무자가 아니요, 궁자는 예궁으로 잘못 안 것입
니다."

라고 하였다. 경유가 말하기를,

"너는 시를 지을 수가 있느냐?"

라고 하자 강생이 말하기를,

---

6) 중국 전한의 역사를 기록한 책. 전 120권. 중국 정사(正史)의 하나로, 후한의 반고(班
固 : 32~92)가 82년(建初 8) 무렵에 완성했다.
7) 한나라 성제(成帝)의 총애를 받아 황후(皇后)의 지위에까지 오르게 된 조의주(趙宜
主), 즉 조비연(趙飛燕)의 전(傳)을 말한다.
8) 중앙과 지방관청의 연락사무를 위해 지방관이 서울에 파견한 아전을 말하는데, 경저
리(京邸吏)·저인(邸人)이라고도 한다.

"그렇습니다."

라고 하며, 주머니에서 작게 적은 글을 끄집어내었는데, 다음과 같은
시가 있었다.

　　　　버들잎은 막 돋아나 생쥐의 귀 같고
　　　　도화꽃은 막 피어나 원숭이 입술 같구나
　　　　하늘 저편 내리는 비는 춤추듯 오락가락
　　　　바다가 저 구름은 끝도 없이 불쑥불쑥
　　　　전장터의 풀은 돋아 다 북으로 머리 향하고9)
　　　　선가(禪家)의 꽃은 떨어져 동쪽으로 흐르네10)

라고 하였다. 경유가 기이하게 여겼는데, 그 다음날 다시 가보니 떠나
고 없었다.

▌趙皇后傳▐

槐院吏趙景濰, 有天才於書, 無所不讀. 嘗夜看江淹詩, 燈火忽墜冊, 燒石上
雲三字, 乃戲吟曰, 無事東皐獨閉門, 硏朱夜點六朝文. 燈火忽落鍾山下, 燒
盡江淹石上雲. 其雨夜詩曰, 閉堂風雨中, 獨坐遠意生. 雨下本無聲, 草樹凄
送仰. 不必宮与商, 自然笙琶鳴. 四壁淸如水, 燈火凝秋明. 忽憶戊戌夏, 舟
宿杏洲城. 景濰曾於邸舍, 讀漢書趙皇后傳, 至第九板所謂偉能卽宮, 景濰誤
認以偉能爲武字, 卽宮爲詣宮, 傍有邸役金江生者, 諦視瞪目曰, 不然. 景濰

---

9) 신하가 임금을 못 잊어 머리를 북쪽으로 향한다는 뜻이다.
10) 동쪽 발해 해상에 있는 봉래산(蓬萊山) · 영주산(瀛州山) · 방장산(方丈山)에는 선
　　인(仙人)이 살며, 불사(不死)의 영약(靈藥)이 있다고 전해진다.

驚問曰, 汝能解乎? 江生曰, 然. 偉能非武字是宮字認以詣宮誤也. 景灘曰,
汝能詩乎? 曰, 然. 仍出囊中小草有柳葉纔生如鼠耳, 桃花初發似猩唇. 婆娑
不定天邊雨, 突兀無限海上雲. 戰地草生皆北首, 禪家花落亦東流之句. 景灘
奇之. 明日復往之則去矣.

43

상공 김익(金熤)의 하인 김씨

상공 김익[1]의 하인은 성이 김씨인데, 시재(詩才)가 많았으나 일찍 죽었다. 그의 시는 아주 공교로웠다. 예컨대,

울타리에 횡한 바람 문은 삐거덕 삐거덕

마른기침에 삽살개 꾸짖는 소리 못 견디겠네

와 같은 시구는 맹교(孟郊)[2]와 가도(賈島)[3] 시의 의취가 있다. 상공의

---

1) 김익(金熤, 1723~1790) 자는 광중(光仲), 호는 죽하(竹下)·약현(藥峴). 1763영조 39) 문과에 급제하여 홍문관(弘文館)에 등용되었으나, 이듬해 왕이 인원왕후(仁元王后 ; 숙종계비)의 제삿날을 맞아 매일같이 불공을 올리는 것을 반대하다가 갑산(甲山)에 유배되었다. 풀려 나온 뒤 응교(應敎) 등을 거쳐, 78년(정조 2) 대사헌이 되고, 80년 예조판서로 동지사(冬至使)가 되어 청나라에 다녀온 뒤, 82년 우의정, 89년 영의정이 되었다.

2) 중국 당대(唐代) 중기의 시인. 자는 동야(東野). 한유(韓愈)와 교분을 맺어 20세 정도 연장자이면서도 오히려 한유의 가르침을 받았으며, 가도(賈島)와 함께 그 일파에 속한다. 오언고시(五言古詩)에 뛰어나고 기발한 착상이 특징이며, 처량한 시풍 때문에 '도한교수(島寒郊瘦)'라고 평해진다. 시문집으로 『맹동야집(孟東野集)』 10권이 있다.

3) 중국 중당(中唐) 때 시인. 자는 낭선(浪仙). 범양(范陽). 시인으로 이름을 날렸으며,

44
나의 매제(妹弟) 이행구(李行九)

　나의 매제(妹弟)인 진사 이행구(李行九)[1]는 맑고 밝고 정직하고 성
실하며 재주가 뛰어나 사람들을 감동케 하였으나 나이 22살에 요절하
고 말아 사람들이 다 안타까워하였다. 이행구는 일찍이 전적(典籍)[2]
윤창리(尹昌履)[3]에게서 수업하였는데, 그가 죽은 지 한 달이 넘었을
때에 윤창리가 꿈에서 진사를 보았다. 진사는 높은 관에 가사(袈裟)를
걸치고서 창리에게 말하기를,

　"나는 먼 길을 갑니다. 그런데 공께서는 어찌하여 시 한 수도 없으십
니까? 저는 생불(生佛)[4]이 되어 이미 깨달음이 있어 세상에 대한 인연
을 벗어났습니다."

---

1) 이행구(李行九, 1766~1787) 자는 성보(誠甫). 1783년(정조 7)에 생원이 되었다. 윤
　행임의 문집인 『석재고』에는 이행구의 제문인 「제매서이성부행구문(祭妹壻李誠父行
　九文)」이 실려 있다.
2) 정6품으로 성균관의 관직이다.
3) 윤창리(尹昌履, 1734~?) 정조(正祖) 6년(1782년), 평안도문과시(平安道文科試) 병
　과(丙科)에 합격한 바 있다.
4) 살아 있는 부처'라는 뜻으로 '덕행이 높은 중'을 비유하는 말이다.

장남인 김재찬(金載瓚)이 나에게 그 일을 말해 주었다.

籬柵

金相公熤傔人, 姓金者, 多詩才而早坳, 未免卒其工, 如籬柵颲颲扉軋軋, 不堪羸嗽叱寒猲之句, 頗有郊島之意. 相公長胤參判載瓚, 見余道其事.

「가랑선체(賈浪仙體)」라는 그의 시를 보면 시구 하나하나를 선택함에 있어 작가가 얼마나 고심했는가를 잘 알 수 있다. 표현이 날카롭고 간결하며 자연스러운 것이 가도 시의 전반적인 분위기이다. '퇴고'(推敲)라는 말의 유래가 된 유명한 일화의 주인공이기도 하다. 시집에 『가랑선장강집(賈浪仙長江集)』(10권)이 있다.

라고 하며 이에 시를 지어 읊기를,

> 천도를 모르면 슬퍼할 수밖에 없지만
> 천도를 알고 나면 슬퍼할 수 없으리

라고 하였다. 창리가 놀라서 깨어나서는 그 시의 뜻을 살려 시를 지어
이르기를,

> 마음의 덕이 이와 같으니 모습도 이와 같아
> 결국엔 대자비의 생불(生佛)이 되었구나
> 돌아갈 때의 주졸(走卒)5)이 사마(司馬)라 일컬었졌으니
> 천도가 알기 어렵다만 나만은 알겠도다

라고 하였다. 대개 '사마(司馬)'란 곧 이진사를 가리킨 것으로 군실(君
實)6)이 생불(生佛)이 되었다는 말이 있어서 이를 인용한 것이다.

生佛

余妹壻, 李進士行九, 淸明端慤, 才華動人, 年二十二而夭, 人皆嗟惜. 進士

---

5) 남의 심부름이나 하며 분주하게 지내는 사람.
6) 군실(君實)은 송나라 사마광(司馬光, 1019~1086)의 자이다. 사마광은 구법당 · 대지
  주 · 대상인들로부터 지지를 받아 '만가(萬家)의 생불(生佛)'이라는 칭송을 받은 바 있
  다. 소식(蘇軾)이 지은 「사마온공독락원시(司馬溫公獨樂園詩)」에는 "항간의 아이들
  도 군실을 외우고 미천한 하인들도 사마를 아네(兒童誦君實, 走卒知司馬)"라고도 하
  였다.

嘗受業於尹典籍昌履, 死後月餘, 昌履夢見進士, 進士高冠淨衣, 謂昌履曰,
吾遠行也. 公無一詩何也. 吾爲生佛已悟, 解世緣矣. 仍吟曰, 斯可悲天道不
可知. 斯不可悲天道可知. 昌履驚而寤之, 演其義而賦云, 心德若斯貌若斯,
應爲生佛大慈悲. 歸時走卒称司馬, 天道難知我獨知. 盖司馬卽進士之称, 而
君實有生佛之語, 故引而用之也.

45

김억금(金億金)의 4, 5살 때의 시

통판(通判)[1] 김희경(金喜慶)의 아들은 어렸을 때 이름이 억금(億金)
이었으며, 충민공(忠愍公) 이건명(李健命)[2]의 외손으로 천재였다. 그가
4세에 지은 시에 이르기를,

뜰의 포도에 비 떨어지는 소리 들으니
문을 닫고서 딱 잠잘만도 하구나

라고 하였다. 5세에는 '바람이 순조로워도 정박하지 못하네[風利不得
泊]'라고 지은 시에 이르기를,

청산은 만 리라 막힘이 없고
강남은 온통 황금빛이 되었구나

---

1) 판관(判官)을 말한다.
2) 이건명(李健命, 1663~1722). 노론사대신(老論四大臣)의 한 사람. 자는 중강(仲剛),
   호는 한포재(寒圃齋). 영의정 경여(敬輿)의 손자로, 이조판서 민서(敏敍)의 아들이다.

라고 하였다. 억금은 후에 병 때문에 폐인이 되어 세상에 이름이 나지
를 못하였다.

【 四歲賦詩 】

金通判喜慶子小名億金, 李忠愍公健命外孫有天才. 四歲賦詩曰, 庭聞葡萄
雨, 門閉正堪眠. 五歲作風利不得泊詩云, 青山萬里有無間, 江南一陣黃金
色. 後因病廢無聞.

46

이름도 모르는 이가 부채에 쓴 시

나의 족숙(族叔)인 윤우(尹瑀)가 남한산성에 올라갔다가 어떤 사람이 책상다리를 하고서 앉아 괴롭게 시를 읊조리고 있는 것을 보았는데, 그 사람은 흰 관에다 검은 상복을 입고 있었다. 족숙이 이를 괴이히 여겨 묻기를,

"당신은 상(喪) 중에 있는 사람 같은데, 무슨 이유로 그렇게 시를 읊조리고 있는 것이오?"

라고 하자 그 사람이 일어나서 대답하기를,

"나는 참으로 시벽(詩癖)이 있어서 어릴 때부터 이를 그만 둘 수가 없었는데, 오늘 우연히 여기에 앉아서도 또 망령되이 시를 읊조리게 된 것입니다."

라고 하였다. 족숙이 말하기를,

"가히 시를 지을 수가 있겠소?"

라고 하자 그 사람이 말하기를,

"감히 명령에 따르지 않을 수 있겠습니까."

라고 하였다. 족숙이 이에 소매 속에서 부채를 꺼내어 주고 그에게 시

를 쓰게 하고서 운자(韻字)를 부르니 바로 따라 읊었는데, 겸(鉗)자 운
에 이르러서는 이르기를,

"마른 대 살찐 등지(藤紙)에 쇠는 목사슬이 되었구나"[1]

라고 하였고, '엄(嚴)'자 운에 이르러서는 이르기를,

반희(班姬)[2]의 상자 속 은정은 엷고
촉상(蜀相)[3]의 군중 호령은 엄하도다

라고 하였다. 족숙이 기이히 여겨 그 사람의 성과 이름을 묻자 대답지
아니하였고, 사는 곳을 물어보았지만 역시 대답지 아니하고는 표연히
동쪽으로 가버렸다고 한다.

扇律

族叔瑀, 登漢陽南城, 有人趺坐苦吟, 而着白冠鷄衣, 怪而問之曰, 君似是禪
人, 何爲吟? 其人起而對曰, 吾果有癖於詩, 自兒少時不能廢, 偶然坐此, 又

---

1) 부채의 한 종류인 백접선(白摺扇)을 두고 읊은 듯하다. 백접선은 대를 엮어서 뼈대를
   만들고 등지(藤紙)를 말려서 덮어씌우는데, 간혹 은·동의 못으로 장식하기도 한다.
   대의 수효가 많은 것을 좋은 것으로 친다. 심부름을 하거나 일이 바쁜 사람들이 가슴
   에 품거나 소매 속에 넣고 다니는데, 쓰기가 퍽 간편하다.
2) 한나라 성제(成帝)의 궁인(宮人) 반첩여(班婕妤)를 말한다. 시가(詩歌)에 능하여 총
   애를 받다가 허태후(許太后)와 함께 조비연(趙飛燕)의 참소를 받고는 물러나 장신궁
   (長信宮)에서 태후를 모시고 시부(詩賦)를 읊으며 슬픈 나날을 보냈다.
3) 제갈량(諸葛亮)을 말한다.

妄發矣. 瑀曰, 可爲賦乎? 其人曰, 敢不惟命, 瑀乃出袖中箋, 使賦之, 仍呼
韻, 輒應聲至鉗字乃云, 竹骨藤肥鐵作鉗, 至嚴字乃云, 班姬篋裏恩情薄, 蜀
相軍中號令嚴. 瑀異之, 問其姓名, 不答. 問其居, 亦不答. 飄然向東去云.

47

담헌(湛軒) 홍대용(洪大容)과 역암(力闇) 엄성(嚴誠)의 우정

　담헌 홍대용[1]은 청나라 건륭 병술년[2]에 사신 일행을 따라 연경으로 들어갔다가 그 곳의 역암(力闇) 엄성(嚴誠)[3], 청란공(淸蘭公) 반정균(潘庭筠)[4], 기잠(起潛) 육비(陸飛)[5]와 더불어 날마다 오고가며 매우 가

---

1) 홍대용(洪大容, 1731~1783) 자는 덕보(德保). 호는 담헌(湛軒)·홍지(弘之). 북학파 (北學派)의 학자인 박지원(朴趾源)·박제가(朴齊家) 등과 친교를 맺었으며, 학풍은 유학(儒學)보다도 군국(軍國)·경제(經濟)에 전심하였다. 1765년(영조 41) 숙부인 억 (檍)이 서장관으로 청나라에 갈 때 군관(軍官)으로 수행, 베이징[北京]에서 엄성(嚴誠)·반정균(潘庭筠)·육비(陸飛) 등과 사귀어 경의(經義)·성리(性理)·역사·풍속 등에 대하여 토론했다. 저서에 『담헌설총(湛軒說叢)』이 있고, 편서(編書)에 『건정필담 (乾淨筆談)』, 『주해수용(籌解需用)』, 『담헌연기(湛軒燕記)』, 『임하경론(林下經綸)』, 『사서문의(四書問疑)』, 『항전척독(抗傳尺牘)』, 『삼경문변(三經問辨)』 등이 있다.

2) 1766년(영조 42).

3) 엄성(嚴誠)의 자는 입암(立菴). 호는 철교(鐵橋). 별호는 역암(力闇). 시와 그림에 뛰어났다.

4) 반정균(潘庭筠)은 절강(浙江) 전당(錢塘) 사람으로 자는 난공(蘭公). 호는 덕원(德園)이다. 벼슬은 내각중서(內閣中書)를 지내고, 이어 진사시(進士試)에 급제한 뒤 한림(翰林)을 거쳐 섬서도 감찰어사를 지냈다. 선도(仙道)를 즐겼고, 묵화(墨畵)를 즐겨 그렸다.

5) 육비(陸飛)의 자는 기잠(起潛). 호는 조음(篠飮). 절강(浙江) 인화(仁和) 사람으로 시와 그림에 뛰어났다.

깝게 지냈다. 더욱이 역암과는 직접 지기(知己)로써 허락하였고, 담헌
은 자신이 종신토록 은둔하려는 뜻이 있다고 하면서 서로를 권면하였
다. 역암이 담헌에게 준 시에 이르기를,

가슴 뛰던 열흘간을 지내다 이제 돌아가시다가
열사(烈士)의 유적지인 이 곳을 잠시 들르셨지요
가시는 길엔 점차로 버드나무 푸르러져 갈텐데
나그네 외로움에 고향 산의 푸르름이 그립겠지요
오늘로부터 제비와 기러기는 천 리길을 가고
예부터 삼성과 상성은 두 별이 되어 한스러워했지요6)
비록 신주(神州)7)가 간격이 없다고 말들 하지만
이별하는 근심에 취한 듯 해는 지고 어두워지네요

라고 하였다.

역암은 끝내 과거시험을 보지 않아 곤궁한 처지가 되어 민(閩) 땅으
로 돌아갔다. 담헌은 매번 사행편으로 역암에게 편지를 부쳐 보냈다.
역암은 죽으려 할 때에 그 손에 담헌이 준 글을 잡고는 가만히 눈물을
흘린 지가 오래 되었었다. 그의 집안 식구들은 역암이 쓴 시문을 모아
서 역암의 뜻으로 알고 이를 담헌에게 보냈다. 이보다 앞서 담헌은 그
의 죽음을 알지도 못한 채 책 속에다 큰 전복을 싸서 보내었는데, 마침
역암의 대상(大祥) 날 그의 집안 식구들이 제사를 지낼 때에 도착하였

---

6) 삼성(參星)과 상성(商星)이 멀리 떨어져 있는 것과 같이 두 사람이 멀리 떨어져 만나
   기 어려움을 이른다. 삼상지탄 (參商之歎).
7) 중국을 말한다.

다. 담헌이 그의 죽음을 듣고는 산사로 가서 글을 짓고는 곡하였으며,
곡하고 난 다음 마침내 그 글을 불살랐다.

【 力闇 】

洪湛軒大容, 淸主乾隆丙戌, 隨貢使入燕京, 与擧人, 嚴力闇誠·淸蘭公庭
筠·陸起潛飛, 日往來甚善, 尤与力闇親許以知己, 湛軒以終身隱遁之意相
勉, 力闇贈湛軒詩曰, 驚心十日返行旋, 烈士遺墟此暫經. 官道漸看新柳綠,
旅懷同憶故山靑. 從今燕雁成千里, 終古參商恨兩星. 縱說神州無間隔, 離憂
如醉日沈冥. 力闇竟不赴擧, 乃落拓往閩中, 湛軒每從貢使寄書, 力闇將死,
手持湛軒所贈墨, 潛然出涕者久矣. 其家人, 聚力闇所爲詩文, 以力闇意送湛
軒, 先時湛軒不知其死, 書中裹大鰒以傳之, 幸及於力闇祥日, 家人祭之, 湛
軒及聞其死, 往山寺, 爲文而哭, 哭畢竟焚其文.

48

벽제(碧蹄) 객사(客舍)에서 만난 마기병(馬騎兵)

승지(承旨) 신광수(申光洙)가 진사 시절에 파주의 벽제 여관에서 묵었다가 어떤 한 속군(束軍)[1] 복장을 한 사람이 저녁 무렵에 들어왔다. 광수가 그와 더불어 이야기 하던 중에 그 사람이 말하기를,

"나는 서울에서 진사 신광수라는 사람이 상당히 시를 잘 한다는 말을 듣고 그를 한 번 만나보고자 하였으나 아직 그렇게 하지를 못하였습니다."

광수가 말하기를,

"무슨 일로 그를 만나려고 하십니까?"

라고 하였다. 그러자 그 사람이 말하기를,

"그와 더불어 나의 시를 비교해 보려고 합니다."

라고 하였다. 광수가 웃으면서 말하기를,

"내가 바로 신광수요."

라고 하자, 그 사람이 크게 기뻐하면서 말하기를,

---

1) 속오군(束伍軍). 조선 후기 속오법(束伍法)에 따라 편성한 지방 군대이다.

"하늘이 내게 좋은 기회를 빌려 주어 나의 행차에 또 이런 일이 일어나게 되었습니다."
라고 하였다. 이에 서로 더불어 시를 지었는데, 그 사람이 먼저 시를 지어 이르기를,

> 요즘 세상에 참된 우정이 없다하나
> 공자님 때 옛사람도 마찬가지였어라
> 검을 말하면 가을 물이 빛이 났고[2]
> 시를 논하면 고풍(古風)이 일어났다네
> 퇴락한 마을에 날랜 말 세워 보지만
> 지는 해에 전장 터만 텅 비었구나
> 내일이면 고양 땅으로 떠나 갈 터인데
> 성문이나 지키며 술로 늙어간다네

라고 하였다. 광수가 크게 기이하게 여겨 그 사람의 성명을 물어보니,
"나는 기병(騎兵)이며, 성은 마(馬)씨입니다."
라고 하고는 가버렸다.

碧蹄店

申承旨光洙, 進士時, 宿於坡州碧蹄店舍, 有一人束軍裝暮入焉. 光洙与之語, 其人曰, 吾聞京師有申進士光洙, 頗善詩. 欲一見而尙未諧矣. 光洙曰, 何爲求見? 其人曰, 欲較詩矣. 光洙笑曰, 吾是申光洙也. 其人大喜曰, 天公

---

2) 가을물[秋水]은 번쩍이는 칼 빛을 비유적으로 이르는 말이다.

借便而吾行亦會事發也. 仍相与賦詩, 其人先就曰, 于今無友道, 夫子故人
同. 說劒明秋水, 論詩動古風. 荒村騎馬立, 落日戰場空. 明發高陽去, 監門
老酒中. 光洙大奇之, 問其姓名曰, 吾騎兵也. 姓馬而乃去.

49

박익령(朴翼齡)의 시

과거시험에 급제한 것을 '계수나무를 꺾었다(折桂)'라고 하고, 진사
시에 합격한 것을 '연꽃을 꺾었다(折蓮)'라고 한다. 참판 박봉령(朴鳳
齡)1)에게는 익령(翼齡)이라는 아우가 있었는데, 글을 잘 지었다. 같은
마을에 부자(父子)가 함께 진사 시험에 합격한 집이 있어서 익령이 그
축하잔치에 가서 시를 지어 이르기를,

연꽃이 열매 맺고 꽃도 피어서
연꽃이 한 집 가득 앞다퉈 칭송하네
강남의 아가씨들 불러 모으니
일시에 채련가2)를 부르는구나

---

1) 박봉령(朴鳳齡, 1671~1718) 자는 공서(公瑞). 1699년(숙종 25)에 정시문과(庭試文
科)에 병과로 급제하여 1701년 검열(檢閱)이 되었으며, 같은 해 가주서(假注書)로 재
임중 경연석상에서 불경스러웠다는 이유로 추고당하였다. 1705년 아전(衙前)의 잘못
을 제대로 처리하지 않는 왕의 잘못을 강경하게 지적하였다. 1706년 도당록(都堂錄)에
올랐으며 문학(文學)이 되었다. 1707년 부수찬·수찬이 되었고, 10년 이후 헌납·이조
좌랑·부수찬·이조정랑·부교리·교리·응교·헌납 등을 지냈다. 16년 전라도관찰
사·승지·이조참의·대사성에 올랐다.

라고 하였다. 그 자리에 함께 앉았던 빈객들이 감히 그 시에 화답하지
를 못하였다.

〖 採蓮歌 〗

登第謂折桂, 進士謂折蓮. 朴參判鳳齡有弟翼齡, 善屬文. 同閈人父子一時進
士, 翼齡赴宴, 有詩曰, 蓮花結子又開花, 爭道蓮花滿一家. 呼取江南女兒伴,
一時齊唱採蓮歌. 座上賓客, 不敢續.

---

2) 연밥 따는 모습을 읊은 노래로, 악부(樂府)의 청상곡(淸商曲) 가운데 하나인 채련곡
   (採蓮曲)을 말한다. 가사 중에는 남녀가 서로 그리워하는 애정에 대한 서술이 많다.

권후(卷後)

　순황(荀況)[1]이 말하기를, "남는 것은 사람이요, 없어지는 것은 글"이라고 하였다. 오호라! 나로 하여금 이전의 일로 그 사람을 앙모케 하고, 이후의 일로 그 글을 붙들게 한 것은 오직 이 『방시한집』만이 그러하였다. 이 책을 저녁에 빌려와서 아침까지 베꼈지만 위기지학(爲己之學)에 욕됨이 될까 하여 겨우 10분의 1만 초록하는데 지나지 아니하였으니, 이것이 오늘날의 한스러움이 될 줄은 몰랐다. 그 후 29년이나 지나서 그 전편을 찾아보았지만 이미 세월이 너무도 오래되고 말아 찾을 수가 없으니, 그 안타까움을 이루 말할 수가 없다. 이를 비유하자면 마치 뒤집어진 솥에서 고기 한 점을 맛보며, 뿌리까지 뽑은 나무에서 나뭇잎 하나만을 얻은 것과도 같다. 그 때문에 큰 국을 끓여서 신에게 제사를 지낼 만 하고, 그 그늘이 열 마지기 나 되어 사람들을 덮어줄 만한 것임을 가히 미루어 알 수가 있는 것이다. 그러니 어찌 그 책 속에 제가(諸家)들이 남긴 보석과 같은 시가 있지 않겠는가!

경진년(庚辰年)[2] 음력 정월 하순(下旬)에
문하생 왕태가 삼가 쓰다.

【 卷後 】

荀況曰, 在則人, 亡則書. 嗚呼! 使我由前而仰慕其人, 由後而保抱其書. 惟
此一副方是閒輯爲然耳. 方其夕借而朝抄也. 不過爲爲己忝名, 僅取十分一,
不知有今日之恨. 閱二十九年而叩其全編則已滄桑矣. 可勝惜哉! 譬如顚趾
之鼎嘗一臠, 拔根之木得一葉, 其所以調太羹而享神, 陰十畝而庇人推可知
也. 何有於卷中諸家之遺珠也. 庚辰孟陬下浣, 門生王太謹書.[1][2]

---

1) 중국 전국시대 말기의 사상가인 순자(荀子)를 말한다. 황(況)은 그의 이름이다.
2) 1820년(순조 20)이다.

附

『해상청운(海上淸云)』

1
낙방(落榜)한 윤노동(尹魯東)의 시구

우리나라에서는 9월 9일에 과거시험을 보아서 선비를 뽑는 것을 '국제(菊製)'라고 하였다. 임인년(청나라 건륭 47년)[1] 국제의 시제(詩題)는 "막 하늘 한가운데 이르니 온 세상이 환하구나[纔到天中萬國明]"[2]로 7언 20운 배율(排律)로 짓는 것이었다. 이미 합격자가 나고 난 후에 임금께서 우연히 낙방한 시권(試券)을 보시던 중에 그 시구에 이르기를,

서쪽 엄자산(崦嵫山)[3]에 외론 달 흘러가다
유리 같은 푸른 바다에 두둥실 떠 올랐구나

---

1) 1782년(정조 6)이다.
2) 송(宋) 태조 「일출시(日出詩)」 중, "바다 밑을 떠나기 전에는 일천 산이 어둡더니, 하늘 복판에 이르자마자 만국이 밝도다(未離海底千山暗, 纔到天中萬國明)"라고 하였다. 이것은 오성(五星)이 규성(奎星)에 모이기 전에 이미 문명(文明) 즉, 문덕(文德)이 빛나 열리는 조짐임을 나타낸 것이다.
3) 엄자산(崦嵫山)은 감숙성(甘肅省)에 있는 산으로, 전설에 의하면 이곳으로 해가 져서 들어간다고 한다. 해가 지는 곳이라고 하여 만년(晚年) 또는 노년(老年)의 비유로 쓰이기도 한다.

라고 하였다. 임금께서 손수 비점(批點)을 찍으시고는 하교하시기를,

"시제(詩題)와 꼭 맞게 되었다만 아깝게도 떨어지고 말았구나."

라고 하시며, 특별히 내각에 명령하여 공령책(功令冊)[4]에다 이 시를

기록하게 하였다.(과거 시험을 보았던 사람은 윤노동[5]이라고 한다)

菊製

本國於重九日, 設科取士, 號曰, 菊製. 壬寅(清主乾隆, 四十七年) 菊製題,
纔到天中萬國明, 七言二十韻排律, 旣取士. 自上偶覽落榜券有句曰, 西崦嶷
山孤月趕, 碧玻瓈海一輪生. 御手親批, 敎曰, 儘是合作, 惜見屈矣. 特命內
閣書之功令冊(擧人尹魯東云).

---

4) 과문(科文)을 모아두는 책.
5) 윤노동(尹魯東, 1753~?) 자는 성담(聖膽). 1789년(정조 13)에 진사가 되었으며, 이
   후 정조와 순조 때 양산(梁山)군수·강화유수(江華留守)·대사간(大司諫)·참판 등
   을 지냈다.

2
가승(假僧)과 진부(眞婦)

소경(少卿) 채팽윤(蔡彭胤)의 서루(書樓)에는 가죽나무가 있었다. 세
상에서는 이를 '가승(假僧)[1]'이라고 하였는데, 바람이 불어와 뽑히고
말았다. 채팽윤이 시를 지어 이르기를,

  "가죽나무 부러지니 누각에 달이 먼저 떠오르네"

라고 하였으나 이에 맞는 대구를 얻지 못하였다. 후에 그가 무주(茂朱)
에 가 있을 때
  새로 난 명아주가 밥상에 올라오자 기생에게 그 이름을 물으니, 세
상에서는 '진부래(眞婦萊)'라 한다고 하였다. 채팽윤이 이를 기이하게
여겨 이에 시를 지어 이르기를,

  "진부래 향기 나니 이 골짝에 봄이 왔구나"[2]

---

1) 가짜 중이라는 뜻으로 가죽나무를 말한다. 속칭 가중나무[假僧木]라고 하며, 가죽나
   무는 가짜 죽나무라는 뜻이다.

라고 하였는데, 이는 정말 좋은 대구였다.[3]

〖 假僧眞婦 〗

蔡少卿彭胤, 書樓有檟樹, 俗名假僧, 有風吹倒. 少卿得句曰, 假僧樹析樓先月. 未得其耦. 後茂朱府, 新萊登盤, 問諸妓, 俗稱眞婦萊. 少卿奇之, 仍云, 眞婦萊香峽裡春. 政是佳耦.

---

2) 『희암선생집(希菴先生集)』(권18) <적성록(赤城錄)>에 「도중차운사홍정자경보견기 (途中次韻謝洪正字景輔見寄)」라는 제목으로 이 시의 전체 원문이 실려 있는데, 그 내용은 다음과 같다.

    如何爲吏困風塵 어쩔 수 없는 관리노릇 세속 일에 지쳤건만
    仙府烟霞有宿因 신선 같은 고을에 안개 끼니 전생 인연 있음이라
    瑤草上階薰步武 기화요초 속 오르는 계단은 걸음마다 향기롭고
    玉流縈席洗心神 옥같이 맑은 물은 자리를 감싸며 심신을 씻네
    假僧樹缺樓先月 가죽나무 부러지니 누각에 달이 먼저 떠오르고
    眞婦蔬香峽始春 진부래 향기 나니 이 골짝에 봄이 왔구나
    無那老年妨郡事 별 수 없는 노년이라 고을 일로 괴롭지만
    故山歸計不逡巡 고향에 돌아갈 생각만은 망설여지지 않는구나

3) 김삿갓이 스님과 주고받은 시인 「금강산공음시(金剛山共吟詩)」에도 이와 흡사한 대구가 있는데, 그 시는 다음과 같다.

    승(僧) 假僧木折月影軒 가죽나무 부러지니 달그림자 마루에 어른거리고
    립(笠) 眞婦菜美山妊春 참며느리 나물이 제 맛이 드니 산은 봄을 머금었도다

3
목만중(睦萬中)의 5살 때 시

목만중[1]은 시에 뛰어나 한 시대에 드러났다. 그가 5살 때에 거인(擧
人)[2] 이덕주(李德冑)[3]가 원고 중의 글자가 작은 것을 찾아 읽으려고
하였으나 눈이 어두워 자세하게 볼 수가 없어서 안경을 찾으면서 말하
기를,

"너는 이것으로 시를 지을 수가 있을 것이다."

---

1) 목만중(睦萬中, 1727~1810) 자는 유선(幼選), 호는 여와(餘窩). 1759년(영조 35) 별
시문과에 병과로 급제하였다. 1786년(정조 10) 도사(都事)로 재직중 문과중시에 장원
급제하여 돈녕도정(敦寧都正)에 임명되었다. 1789년 태산현감(泰山縣監)으로 있으면
서 불법을 자행하다가 체포되어 문초를 당하였다. 1801년(순조 1) 신유사옥 때, 대사간
으로서 당시의 영의정 심환지(沈煥之)와 함께 남인시파(南人時派) 계열의 천주교도들
에 대한 박해와 탄압을 주도하였다. 뒤에 관직이 판서에 이르렀으며 저서로는 『여와집』
이 전한다.
2) 한(漢) 때에 수령이 천거한 사람을 말한 것인데, 후세에 와서는 과거보는 사람을 일
반적으로 거인이라고 하였다.
3) 이덕주(李德冑, 1695~1751) 자는 직심(直心), 호는 하정(苄亭). 수광(眸光)의 5대손
이다. 남인 집안이기 때문에 정국이 변하여 서인이 집권하게 되자 가림(嘉林)으로 낙
향하여 두문불출하고 독서하면서 곤궁한 생활을 하였다. 상란(喪亂)에 쪼들리면서도
금석(金石)같은 지행(志行)으로 사우 중에 추앙을 받았다. 성리학보다는 문장사화(文
章詞華)와 예제(禮制)에 관심을 기울였다. 저서로는 『하정선생문집』 8권 4책과, 사촌
형과 아우들의 글을 합하여 엮은 『가림사고(嘉林四稿)』 등이 있다.

라고 하자 목만중이 즉시로 시를 지어 이르기를,

눈동자 밖에 하늘과 땅이 크고
이마 사이에 해와 달이 걸렸구나[4]

라고 하였다. 이덕주가 감탄하며 말하기를,
"너의 시는 헤아릴 수가 없구나."
라고 하였다.

▌眼鏡▐

睦萬中, 以詩雄視一世. 五歲時, 李擧人德冑, 求其槁字細, 眼花不能諦視,
覓眼鏡曰, 爾可賦此. 睦卽對曰, 膜外乾坤大, 眉間日月懸. 李擧人歎曰, 爾
詩不可量.

---

4) 『여와선생문집(餘窩先生文集)』(권1) <동유록(童遊錄)>에는 이 시를 12세에 지은
시라고 하였다. 시의 전문은 다음과 같다.

南國碧眼鏡	남쪽나라 벽옥으로 만든 안경은
高堂白髮年	부모님 백발 나이에 꼭 맞음이라
向燈逾歷歷	등불을 향하면 더욱 또렷해지고
出匣更娟娟	갑에서 꺼내면 더욱 어여쁘구나
膜外乾坤大	눈동자 밖에 하늘과 땅이 크고
眉間日月懸	이마 사이에 해와 달이 걸렸구나
床頭萬卷在	책상머리엔 만 권의 책이 놓였건만
老眼爾多權	노안이라 너의 권세가 많도다

4
박필운(朴弼雲)의 시

거인(擧人) 박필운은 어렸을 때부터 시를 잘 하였다. 그가 관서 지방
으로 놀러갔을 때에 그 곳 관찰사가 기생들과 음악을 베풀어 주고 그
를 환대하며 말하기를,

"내가 운을 부를 터이니 자네가 곧 바로 시를 지어 보게. 그러면 내
가 한 기생과 하룻밤을 지낼 수 있도록 해 주겠네."

라고 하였다. 그리고 이어 '청(靑)'자를 불렀다. 박필운이 시를 지어 이
르기를,

> 한 잔치자리가 다 월백(越白)[1]이니
> 6리 안에 어찌 진청(秦靑)[2]만이겠는가

---

1) 미상(未詳). 시구의 뜻으로 보아 월(越)나라의 서시(西施)와 같은 미인을 가리키는
   말인 듯하다.
2) 진청(秦靑)은 옛날에 노래를 잘 불렀던 자로 진나라의 가수 설담(薛譚)을 가르쳤으
   며, 그의 노래는 숲을 울리게 하고 가던 구름도 멈추게 하였다 한다.(『열자(列子)』)

라고 하였다. 관찰사가 크게 기뻐하여 약속대로 하였다.

《 越白秦青 》

朴擧人弼雲, 少善詩. 往遊關西, 觀察使張妓樂以侑歡, 觀察曰, 余呼韻, 子
卽對, 當以一妓薦枕. 仍呼靑字, 朴對云, 一筵皆越白, 六里奈秦靑. 觀察大
喜, 如其約.

5
이수봉(李壽鳳)의 시

승지 이수봉[1]이 바닷길로 제주도에 들어가다가 바다 한 가운데에 이르러 시를 지어 이르기를,

닻을 푸니 소안도[2]인데
피리 불며 뱃전에 앉았네
해는 노 사이로 나오려 하고
하늘은 대양으로 들어가려 하네

---

1) 이수봉(李壽鳳, 1710~?) 자는 의숙(儀叔), 호는 화천(花川). 1740년(영조 16)증광문과에 병과로 급제, 1747년 지평을 제수받고 이어 정언·필선·헌납·사간·장령 등을 거쳐, 1760년 집의가 되었다. 이때 왕세자의 서연에 민간의 학자를 출강하게 할 것을 건의하였다. 1757년 경상도의 민정을 살피기 위하여 안핵사로 갔으며 같은해 역모사건이 일어난 제주도의 도민을 위무하기 위하여 홍봉한(洪鳳漢)의 추천으로 제주위유어사(濟州慰諭御史)로 갔다. 1767년 동지정사(冬至正使) 전은군(全恩君)의 서장관이 되어 청나라에 다녀오고, 이듬해 대사간이 되어 조영순(趙榮順)을 탄핵하는 계를 정지시켰다가 1773년 사직당하고 제주도 대정현으로 귀양갔다가 곧 풀려나 다시 승지가 되었다.

2) 완도에서 남쪽으로 17.8㎞ 지점에 있다. 노화도·보길도·횡간도·자개도 등의 섬과 함께 소안군도를 이룬다.

막막해도 어디로 갈 줄은 알지만

이리저리 마음대로 되지는 않네

라고 하였다. 사람들이 다 이 시를 전하며 외우면서 절창이라고 하였
다 한다.

海行

李承旨壽鳳, 海行入耽羅, 至中流詩云, 鮮纜蘇安島, 鳴笳坐柂樓. 日將孤棹
出, 天入大洋流. 漠漠知何向, 飄飄不自由. 人皆傳誦, 以爲絶唱云.

6
죽은 말을 위해 시를 짓다

거인(擧人) 이의사(李義師)[1]는 시로 이름이 났다. 그가 타고 다니던 말이 죽자 시를 지어 애도하기를,

  문 밖 수양버들은 한가롭게 낮을 보내고
  물가의 푸른 풀은 무성히도 피는 때로다

라고 하였다. 시에서 말이 죽었다는 사실은 언급하지 않았으나 그 의경(意境)을 묘사한 것이 자연스러워 신들린 듯하다.

死馬詩

擧人李義師, 有詩名. 其所乘馬死, 以詩酹之曰, 門外垂楊閑對晝, 水邊靑艸漫多時. 不言馬死, 而造境自然有神.

---

1) 이의사(李義師, 생몰년 미상) 자는 덕중(德仲), 호는 취송(醉松). 그의 시가 『대동시선(大東詩選)』에 「봉황정구점(鳳凰亭口占)」을 비롯한 5편이 실려있다.

7
땔나무꾼이 지은 시

　어떤 선비가 춘위시(春闈試)[1]를 보러 갔다가 다시 고향으로 내려가
는 도중에 땔나무를 싣고 가며 파는 자를 만났다. 그리고 그에게 돈을
주고 그 수레에 올라타고 가면서 자신이 과장(科場)에서 지은 시를 읊
었다. 땔나무꾼이 이르기를,
　"어른께서 읊으시고 계신 것은 과장에서 지은 시인 듯한데, 어느 한
구가 잘못된 것 같습니다. 그 때문에 낙방하신 것입니다."
라고 하였다. 선비가 깜짝 놀라 말하기를,
　"네가 글을 할 줄 아느냐?"
라고 하였다. 땔나무꾼이 이르기를,
　"모릅니다. 다만 무심코 한 말일 뿐입니다."
라고 하였다. 선비가 억지로 다그치자 그제야 말하기를,
　"조금 압니다."
라고 하였다. 선비가 운을 불러주면서 그를 시험해 보기 위해 시를 지

---

1) 춘시(春試)라고도 한다. 식년과·경과·별시로서 봄철에 보이는 과거시험을 말한다.

어보게 하니, 땔나무꾼은 채찍질 한 번에 한 구씩을 읊어 이르기를,

젊어서는 비천한 일 많이 하였건만
늙어서도 땔나무 파는 일을 하네
끝없이 수 천 번 어깨에다 땔감을 지고
이리저리 수 만 집을 옮겨 다니네
벌은 것도 없으니 귀신도 웃고
어려움이 있다는 건 옛사람도 안다네
깊이 우산(牛山)의 그루터기를 짊어진다면2)
청춘이 다시 또 찾아올 수 있으리라

라고 하였다. 그리고 선비에게 말에서 내리기를 청하고는 이르기를,
"내가 오늘 새벽부터 다녔으니, 이제 여기서부터 떠나고자 합니다."
라고 하고는 뒤도 돌아보지도 않고 가버렸는데, 그 간 곳을 알지 못한다.

買薪者

有士人赴春圍試, 還鄕途中, 遇馱薪而買者, 予貫直乘, 而往吟科賦. 薪者曰,

---

2) 『맹자(孟子)』「고자장구상(告子章句上)」에, "우산(牛山)의 나무가 일찍이 아름다웠
으나, 큰 나라의 교외에 있었기 때문에 사람들이 도끼와 자귀로 매일 나무를 베어가니,
아름답게 될 수 있겠는가. 그 낮과 밤의 흐름에 따라 쉬게 되고, 비와 이슬이 적셔 주는
바에 따라 싹이 자라는 바가 없지는 않지만, 그것조차 소와 양이 또 따라서 해치니, 이
런 이유로 저와 같이 벌거숭이산이 되고 만 것이다. 사람들이 그 벌거숭이산을 보고 일
찍이 산에 재목이 없었다고 하지만, 이것이 어찌 산의 성질이겠는가(牛山之木嘗美矣,
以其郊於大國也, 斧斤伐之, 可以爲美乎? 是其日夜之所息, 雨露之所潤, 非無萌蘖之
生焉, 牛羊又從而牧之, 是以若彼濯濯也. 人見其濯濯也, 以爲未嘗有材焉, 此豈山之
性也哉?)"라고 하였다. 즉 이 시구는 자신을 '우산(牛山)의 나무'에다 비유한 것이다.

大人所吟, 似是科賦, 某句有某疵, 故下第也. 士人驚曰, 爾能解文乎? 薪者
曰, 未能解, 直偶言耳. 士人强迫之, 乃曰, 粗解. 士人呼韻試賦之, 薪者一鞭
就一句曰, 少能多鄙事, 老復販柴爲. 絡繹千肩擔, 推遷萬戶移. 得無傍鬼笑,
難有故人知. 深負牛山蕨, 靑春能更滋. 仍請下馬曰, 吾今日露, 吾迹自此去
矣. 輒不顧而歸, 不知其處.

8

원중거(元重擧)의 시

원중거[1]는 시에 뛰어났지만 성품이 녹록치 않아서 세상과 더불어 잘 어울리지를 못하였다. 일찍이 일본에 들어가서 시로 그 명성을 날렸는데, 일본인들이 다 두려워하며 복종하였다. 이때 별호(別号)로 된 인장을 새겨서 그들에게 주었는데, 그의 시축(詩軸)에는 지금도 그 인장이 찍혀 있는 것이 많다. 노년에는 불우하여 용문산 아래에서 살았다. 그가 지은 시에 이르기를,

낮은 좋으나 봄놀이 하기엔 짧고
밤은 안타까우나 달빛이 맑도다
얼음은 겨울 지난 뒤에 두텁지 않고

---

1) 원중거(元重擧, 1719~1790) 자는 자재(子才). 호는 현천(玄川)·물천(勿川)·손암(遜菴)으로 서얼이다. 1750년에 생원시에 합격하였다. 1759년 무렵에 종8품의 장흥고 봉사(長興庫奉事)에 임명되었고, 1763년 계미년에 일본통신사의 서기로 일본을 여행하고 돌아왔다. 그 뒤 1776년경에 장원서주부(掌苑署主簿)에 임명되어 대략 16년간 근무하였다. 1790년에 목천현감에 제수되었다. 그는 일본에 다녀와서 『화국지(和國志)』 3책과 『승사록』 5책을 썼는데, 이 두 저서는 일본의 문화에 대해 소상하게 기록한 것이다. 원중거는 박제가를 비롯한 여러 인사들에게 존경을 받은 인물이었다.

냇물은 비온 뒤에 청아하게 울리네
세사에 헛되이 몸만 늙어버렸고
세월에 귀밑머리만 맑아졌도다
오래도록 가난함은 탄식하지 않으리
우둔하게 살아 온 한 평생이라오

라고 하였다.

元重擧

元重擧長於詩. 性簡傲, 與世寡合. 嘗入日本以詩鳴. 島夷皆讋服, 刻贈別号印章, 其詩軸今多印之. 老來落拓, 居龍門山下, 有詩曰, 晝喜春遊早, 宵憐月境晴. 氷無冬後積, 川有雨餘鳴. 世事虛身老, 年華上髻淸. 長貧吾不歎, 迂闊是平生.

9

소년 방영손(方英孫)의 시

내가 직학사(直學士) 서유방(徐有防)[1] 공과 함께 시랑(侍郎) 정지검
(鄭志儉)을 찾아갔었는데, 자그마한 아이 하나가 우리 곁에서 차를 끓
이면서 시중을 들고 있었다. 정지검이 말하기를,

"저 작은 아이가 시를 지어서 우리를 한 번 기쁘게 해 줄 수 있을
것이오."

라고 하였다. 서공이 시험 삼아 '춘(春)'자를 부르니, 그 아이가 바로 붓
을 잡고는 큰 글씨로 써서 이르기를,

---

1) 서유방(徐有防, 1741~1798) 자는 원례(元禮), 호는 봉헌(奉軒). 1768년(영조 44) 진
   사가 되어 음보로 교관을 지내다가 72년 별시 탕평과에 을과로 급제하였다. 78년(정조
   2) 대사간의 자리에 있을 때 『속명의록(續明義錄)』을 언해(諺解)하여 8도에 반포하게
   하였다. 82년에 규장각직제학에 임명되었고, 85년에는 이조참판을 거쳐 경기도관찰사
   로 부임하였다. 88년에 한성부판윤, 92년에는 형조판서, 사역원 및 장악원의 제조(提
   調)를 지냈다. 94년 검교직제학(檢校直提學)으로 있을 때 제학 정민시(鄭民始) 등 10
   명과 고양(高陽)으로 유배되었다가 다시 부사직(副司直)의 자리에 올랐다. 97년 강원
   도관찰사로서 간성의 인구동태를 조사하여 「간성유민환접타민이접성책(杆城流民還接
   他民移接成冊)」을 지어서 올렸다.

숲 속의 꽃은 막 피려고 하고
우는 새는 고와서 봄을 화답하네

라고 하였다. 그 글씨가 다 굳세었다. 나이를 물으니 14세였고, 그 성명을 물으니 곧 방영손이었다.

方英孫

余與直學士徐公有防, 尋鄭侍郎志儉, 有短童在傍烹茶, 侍郎曰, 彼小傔能詩, 可供一歡. 徐公試呼春字, 小傔卽援筆大書曰, 林花初動意, 啼鳥媚和春. 其筆盡遒勁. 問其年十四, 問其姓名, 卽方英孫.

10
먀(乜)씨 성을 가진 사람의 시

전라도에 성이 먀(乜)씨인 자가 있었는데, 시로 소문이 났다. 어떤 사람이 가서 그와 견주어보려고 했다. 그러자 먀(乜)씨는 붓을 잡고 곧 바로 쓰기를,

　　둥지 위에서 막 조롱 속 알 까는 소리 들렸는데
　　매미 새끼는 어느새 부리를 뾰족이 내밀려 하네

라고 하였다. 이 때는 닭과 오리가 자라 그 소리가 온 사방에 요란할 때였다. 그 사람은 크게 기가 꺾이고 말았다.

▌乜詩▐

全羅道姓乜者以詩聞. 有人往較之, 乜乃援筆卽書曰, 窠上初聞毓籠中, 已見蜩兒將尖嘴. 時成鴨鶵, 聲価擅洋溝. 其人大沮.

11

유구국(琉球國)의 사신

청나라 건륭 53년[1] 봄에 외국의 사신들이 원명원(圓明苑)[2]에 모여서 응제시(應製詩)를 지었다. 우리나라에서는 우의정 유언호(兪彦鎬) 공이 시를 지을 지어 이르기를,

> 황제의 동산에 구름은 늘 오색 빛으로 새롭고
> 가운데 열린 휘장 사이로 음양의 기운이 더욱 성하네
> 향기가 따뜻하게 어우러지니 천지인(天地人)의 기운이요
> 서설(瑞雪)이 맑게 돌아오니 만국(萬國)의 봄이로다
> 옛적부터 우리나라 황제의 은혜 입고 살아와
> 지금도 북극성을 뭇별들이 받드는도다
> 자꾸만 법연(法宴)[3]을 탐하는 건 그 은혜를 높임이요
> 남은 건 초화송(椒花頌)[4]이 다시 펼쳐지기를 바랄 뿐이라네

---

1) 1788년(정조 12)이다.
2) 중국 북경(北京) 북서쪽 교외에 있던 청(淸)나라 때의 이궁(離宮)이다.
3) 황제의 잔치자리.
4) 신년을 경하하는 글. 진(晉)나라 유진(劉臻)의 아내 진씨(陳氏)가 정월 초하룻날에

라고 하였다. 부개(副价)인 호조참판 조환(趙環)이 시를 지어 이르기를,

정월 대보름 이 좋은 시절 황하의 물이 맑아질 때요
휘황찬란하게 밝힌 등불 속에 태평성대로구나
바다처럼 에워 싼 수레와 서적5)은 태평성세의 교화요
천자를 알현하며 바치는 옥과 비단은 변방국의 정성이로다
공경스럽게 대궐을 바라보니 홍록(紅籙)이 이어졌고
기쁨으로 남성(南星)을 축하하니 수긍(壽舷)이 빛나도다
천자께서 하사하신 잔을 잡으니 그 향기 옷소매에 가득하니
우리나라 만세토록 그 은혜와 영광을 칭송하리라

라고 하였다. 유구국(琉球國)6)의 완연보(阮延寶)가 시를 지어 이르기를,

총알처럼 작은 바다 섬의 작고도 미천한 신이
이 정월 밤에 반열을 따라 천자의 은총에 젖네
대궐에서 나온 귤이 잔치자리에 하사되고
금문(金門)7)에서 계수나무 빛에 봄기운을 완상하네
에워 싼 나무로 불빛은 하늘에 휘황찬란하고
섬돌 가득한 노래 소리로 천자께 올려드리네

초화송(椒花頌)을 지어 올린 데서 유래한 말이다.
5) 나라의 문물제도를 말한다.
6) 대만섬과 일본 큐슈섬사이에 있는 섬으로 현재의 오키나와이다. 하지만 예전에는 유구국(流求國)이라 하여 일본과는 분리된 독립국 형태였으며 조선 및 일본과 각각 교류 했다.
7) 금마문(金馬門)의 별칭으로 금규(金閨)라고도 한다. 임금과 가까운 곳을 말한다.

용안을 우러러 뵘이 바로 지척 간이라
온 몸은 성은(聖恩)의 새로움으로 흠뻑 젖는도다

라고 하였다. 또 둘째 수에서 이르기를,

정월 보름 천자의 정원엔 잔치자리가 빛나고
천자의 수레, 용의 깃발은 햇빛 가로 나아오네
시종하는 왕공(王公)들은 궁궐 아래 가득 찼고
토산품 진상하는 먼 나라 사신들 계단 앞에 늘어섰네
등불로 이은 환한 나무에는 은꽃이 빛나고
춤과 노래로 번뜩이는 옷들은 그 색깔 선명해
나라 안팎 신료들은 천자의 큰 은총 받고서
이 해가 태평성대 길이길이 이어지길 송축하네

라고 하였다.

琉球使

淸乾隆五十三年春, 會外國使於圓明苑命應製, 我使右議政兪公彦鎬詩云, 御苑雲常五色新, 中開黃幄倍氳氤. 香烟煖合三元氣, 瑞雪晴回萬國春. 從古東藩承雨露, 秪今北極拱星辰. 頻叨法宴皇恩重, 餘頌椒花願更陳. 副价戶曹參判趙公環詩云, 上元佳節屬河淸, 火樹銀花賁太平. 環海車書昭代化, 朝天玉帛小邦誠. 恭瞻北闕綿紅籙, 欣祝南星耀壽舣. 携得御香長滿袖, 東箕万世頌恩榮. 琉球國阮延寶詩云, 彈丸海島細微臣, 元夜隨班沐帝仁. 玉殿傳柑頒御宴, 金門桂彩賞王春. 繞林烟火輝天上, 滿砌歌聲奏紫宸. 瞻仰龍顏惟只尺, 渾身偏洽聖恩新. 其二曰, 上元御苑賜華筵, 玉輅龍旗出日邊. 扈駕王公盈殿下, 獻芹遠价侍階前. 燈聯火樹銀花燦, 歌舞電裳彩色鮮. 中外臣僚承寵異, 昇平共祝萬斯年.

12
현허(玄虛)의 아내가 지은 시

  양주(楊州)에 현허(玄虛)라는 자가 있었는데, 세상 물정에는 어두워 집안 식구들과 살림에는 관심이 없었지만 시를 좋아하여 일찍이 자신의 처에게 시를 자랑하며 보여주니 그 아내가 크게 웃으며 이르기를,
"이것이 참으로 시인가요?"
라고 하고는 이에 화운하였다. 바로 그 가운데 '기(機)'자 운에 이르기를,

    꽃은 가지 끝에서 올라와 땅 기운을 펼치고
    봄은 꾀꼬리 혀에서 감돌아 천기가 새는구나

라고 하였다.

機字

楊州有玄虛者, 迂闊不事家人産業, 嗜詩嘗自夸, 妻見之, 大笑曰, 此固詩乎!
仍和. 輒中機字曰, 花上樹頭宣地氣, 春圓鸎舌洩天機.

13
쌀과 물이 나오는 구멍

　해미현(海美縣) 성전사(聖傳寺)에는 옛날부터 쌀과 물이 나오는 두 개의 굴이 있었다. 속된 중이 그만 욕심이 나서 그 두 개의 굴을 깊이 파고 또 넓혔다. 하지만 쌀과 물이 다같이 나오지 않았다. 주지승이 시를 지어 이르기를,

> 바위 아래 절에 무엇이 있었던가
> 사람이 아니라 곧 귀신의 힘이었네
> 나는 새도 이르지 아니하고
> 스님만 구름 속에 있을 뿐이네

라고 하였다.

米水

海美縣聖傳寺, 古有米水兩穴, 俗僧貪其得, 鑿而廣, 米及水並不出. 住持僧題詩曰, 巖下寺何有, 非人卽鬼功. 飛禽不到處, 僧在白雲中.

14

이인상과 이덕무의 「양두사(兩頭詞)」

원령(元靈) 이인상(李麟祥)은 술을 잘 마셨고, 시를 잘 지었으며, 예서체와 그림에 재주가 있었다. 「양두사(兩頭詞)」[1]에서 이르기를,

　　　양쪽 머리 뾰족뾰족 아가씨의 이마요
　　　반은 희고 반은 검은 신선의 바둑이라
　　　복복박박 바람 속에 펄럭이는 깃발이요
　　　뇌락낙락(빠짐)

라고 하였다. 무관(懋官) 이덕무(李德懋)가 이 시에 화답하여 이르기를,

　　　양쪽 머리 뾰족뾰족 미나리논 거머리

---

1) 악부시(樂府詩)의 일종으로 서조(徐朝)가 처음으로 지었으며, 이후에 이를 모방한 시들이 많이 나와 하나의 시체(詩體)를 이루었다. 서조의 시는 "두 남녀의 머리 위에 막 달이 떠올랐을 때에, 두 사람의 눈동자 반짝반짝 빛나네. 꼬끼오 하며 새벽닭 울기 시작할 때, 반듯한 샛별을 향하네(兩頭纖纖月初生, 半白反黑眼中睛. 腷腷膊膊鷄初鳴, 磊磊落落向曙星)"라고 하였다.

토끼털 붓 반은 희고 반은 검구나
복복박박 화로에 군밤 잘도 튀는데
뇌뢰낙락 북두칠성 일곱 점일세2)

---

2) 이덕무의 이 시는 『청장관전서(靑莊館全書)』(제12권) 『아정유고(雅亭遺稿)』(권4)에
실려 있는데, 그 전문은 다음과 같다.

兩頭纖纖史籒文	양쪽 머리 뾰족뾰족 사주의 글이며
半白半黑花鴨紋	얼룩오리 반은 희고 반은 검구나
膊膊膊膊野竹焚	복복박박 벌판의 대 잘도 타는데
磊磊落落觸石雲	뇌뢰낙락 돌에 부딪치는 구름이로다
兩頭纖纖蕈葉卷	양쪽 머리 뾰족뾰족 구부러진 순채이며
半白反黑太極圈	태극 동그라미 반은 희고 반은 검구나
膊膊膊膊鏇車轉	복복박박 수레바퀴 잘도 도는데
磊磊落落駕大舼	뇌뢰낙락 큰 배를 탔노라
兩頭纖纖回子笠	양쪽 머리 뾰족뾰족 회자의 벙거진데
半白半黑蕎麥粒	모밀 알 반은 희고 반은 검구나
膊膊膊膊祖逖楫	복복박박 조적의 돛대 치는 소리이며
磊磊落落酈生揖	뇌뢰낙락 역생의 읍이로세
兩頭纖纖芹田蛭	양쪽 머리 뾰족뾰족 미나리논 거머리
半白半黑兎毛筆	토끼털 붓 반은 희고 반은 검구나
膊膊膊膊鱸爆栗	복복박박 화로에 군밤 잘도 튀는데
磊磊落落北斗七	뇌뢰낙락 북두칠성 일곱 점일세
兩頭纖纖棗核兒	양쪽 머리 뾰족뾰족 대추씨
半白半黑五十髭	오십 시절 수염 반은 희고 반은 검구나
膊膊膊膊府庭笞	복복박박 관정(官庭)의 곤장 소린데
磊磊落落弄毬獅	뇌뢰낙락 공 놀리는 사자일세
兩頭纖纖筬口魚	양쪽 머리 뾰족뾰족 잠구어
半白半黑飛白書	비백 글씨 반은 희고 반은 검구나
膊膊膊膊石田鋤	복복박박 돌밭 매는 호미 소린데
磊磊落落長鯨呿	뇌뢰낙락 큰 고래 벌린 입일세,
兩頭纖纖對馬島	양쪽 머리 뾰족뾰족 대마도
半白半黑玄纖縞	현섬호 반은 희고 반은 검구나
膊膊膊膊枷打稻	복복박박 벼 타작의 도리깨인데
磊磊落落晩節保	뇌뢰낙락 늦은 절개 보존일세
兩頭纖纖猫睛午	양쪽 머리 뾰족뾰족 바로 선 고양이 눈동자
半白半黑棋子縷	바둑알의 맥락(脈絡) 반은 희고 반은 검구나

라고 하였다. 이 두 사람의 작품은 세상에서 크게 이름을 떨쳤다.

【 兩頭纖 】

李獜祥元靈, 善飮酒, 賦詩工隸畫. 其兩頭詞云, 兩頭纖纖女娘眉, 半白半黑仙人碁. 膒膒膊膊風中旗, 磊磊落落(缺). 李德懋懋官和之曰, 兩頭纖纖芹田蛭, 半白半黑兎毛筆. 膒膒膊膊爐爆栗, 磊磊落落北斗七. 兩作大鳴於世.

膒膒膊膊檀板拊　복복박박 단판치는 소린데
磊磊落落打蕉雨　뇌뢰낙락 파초잎 두들기는 빗방울일세

15
바쁜 것 같으면서도 한가로움

지현(知縣)[1] 임매(任邁)[2]의 시는 각체(各體)를 다 갖추었다. 「망사한(忙似閑)」 시에 이르기를,

"백로가 물고기 노리며 저물녘 모래 벌에 섰네"

라고 하였고, 「한사망(閑似忙)」 시에 이르기를,

"나비가 펄펄 날며 담장을 넘나드네"

라고 하였으며, 「귀사천(貴似賤)」 시에 이르기를,

"암행어사가 출도하기 전이로다"

---

1) 현(縣)의 수령을 말함.
2) 임매(任邁, 1711~?) 자는 백현(伯玄). 1754년(영조 30)에 진사가 되었다. 능호관 이인상과 교유하였다.

라고 하였으며, 「천사귀(賤似貴)」 시에 이르기를,

　　"태복(太僕)3)과 마의(馬醫)4)가 말을 돌보는 때로다"

라고 하였고, 「낙사애(樂似哀)」 시에 이르기를,

　　"딸 시집보내는 집이 날마다 우는구나"

라고 하였다. 가히 이전 사람들이 생각지 못하던 것을 나타낸 것이라 할 만하다.

▌忙似閑▐

任知縣邁詩, 具各體. 其忙似閑曰, 白鷺窺魚立晚汀. 閑似忙曰, 胡蝶紛紛過粉墻. 貴似賤曰, 暗行御史出道前. 賤似貴曰, 太僕馬醫調馬時. 樂似哀曰, 送女之家日日啼. 可謂發前人未發.

---

3) 여마(輿馬)와 목축(牧畜)의 일을 관리하는 벼슬.
4) 말의 병을 치료하는 수의사.

16

호랑이를 잡는 사람

관서 지역 사람인 윤재복(尹在復)[1]은 젊어서부터 문장을 잘 지어 꽤 찬탄을 받았다. 꿈속에서 신인(神人)을 만나 주련(柱聯)[2]을 요청하니, 신인이 말하기를,

"그대의 시 가운데에서, '아우는 학문이 바다 같지만, 용을 잡는 사람이요,[3] 형은 관서인이나 호랑이를 잡는 사람이라네'라는 시구와 가히 맞아 떨어질 수 있을 것이다."

라고 하였다. 윤재복은 꿈에서 깨어나 이를 기이히 여겼다. 이 시구도 꿈에서 지은 것으로 앞날을 예견한 것임을 알았다. 이에 붓을 집어 던져버리고는 무과 시험을 보아 급제하여 진해(鎭海)의 현감이 되었다.

---

1) 윤재복(尹在復, 1722~?) 자는 양숙(陽叔). 1771년(영조 47)에 생원이 되었으며, 1786년(정조 10)에는 오위장(五衛將)이 되었다. 그의 동생은 윤재겸(尹在謙)이다.
2) 기둥 또는 벽에 써 붙이거나 거는 연구(聯句)를 말한다.
3) 『장자(莊子)』「열어구(列禦寇)」편에, "주평만(朱泙漫)이 용 잡는 기술을 지리익(支離益)에게 배우는데 천금의 재산을 다 없애고 3년 만에 기술을 배우게 되었으나 그 묘법을 써볼 곳이 없었다(朱泙漫, 學屠龍於支離益, 單千金之家, 三年成技, 而無所用其巧)"고 하였다. 그래서 기술만 높고 쓸 곳이 없는 것을 도룡지기(屠龍之技)라고 말한다.

하지만 그의 아우는 과거시험을 보았으나 여전히 급제하지 못하였다고
한다.

▌射虎 ▌

關西人尹在復, 少工文, 頗見稱賞. 夢見神人乞柱聯, 神人曰, 君詩中, 弟爲
學海屠龍客, 兄是關西射虎人之句, 可合. 在復覺而異之. 盖此句, 亦夢中作,
知有前定. 仍投筆登武科, 監鎭海縣. 其弟業功令, 而尙未一弟云.

『석재별고(碩齋別稿)』 해제[1]

1. 머리말

『碩齋別稿』는 윤행임의 본 문집인『碩齋稿』와는 달리 1801년(순조
원년) 그가 薪智島에서 賜死 되기 이전 대략 4개월 정도에 걸쳐서 쓴
글들이다. 권1에 실린 시는 그가 1801년 5월 10일 外職인 호남관찰사
로 나가면서부터 쓴 것이지만, 권3부터 권23까지의 四書五經 및『小
學』·『十九史略』·『通鑑節要』와 같은 책에 대한 방대한 주해서는 아
들인 尹定鉉의 기록에 의하면 신지도에 유배된 이후 6월 보름에 시작
해서 9월초에 마쳤다[2]고 했으니 거의 3개월 만에 이루어진 것이다. 문
집의 구성에서 보이는 것처럼『碩齋別稿』는 권1·2에 실린 약간의 시
와 몇 편의 記·碑·序를 제외하면 거의 전체가 경전에서 주로 논점이
될 만한 내용들을 뽑아 이를 자신의 관점에서 새롭게 해석한 것과 또
기타 이에 관련한 글들로 이루어져 있다. 아들 윤정현은 「行狀」에서
아버지 윤행임의 이 저작에 대해 다음과 같은 말을 남기고 있다.

---

1) 이 해제는 필자가『고서해제Ⅰ』(연세국학총서51, 연세대학교 국학연구원편, 평민사,
  2004.) pp.304~316에 실었던 것을 약간 수정하여 다시 여기에 수록한 것이다.
2) 「行狀」(『碩齋稿』·「附錄」) "自六月之望, 至九月上旬, 哀然成帙, 凡十冊二十一篇"

채씨의 『상서』와 진씨의 『예기』 및 제가의 주해에 대해 그 잘못을
변정함에 적확해서 바꿀 수 없는 것이 있었고 새로운 의미를 밝혀내어
전석을 함에 독창적인 견해가 많았는데, 왕왕 근세 중국 사람들의 경
전 해석과 대체의 논지가 부합되었다(蔡氏尙書, 陳氏禮記及諸家注解,
辨正其誤, 有的確不可易者. 發明詮釋, 多獨得之見, 而往往與近世中國人
說經暗合)

따라서 이 『碩齋別稿』는 윤행임이 자신의 성리학자로서의 면모를
그의 생애 마지막 순간까지 보여준 畢生의 力作으로 꼽힐 만한 저서
라고 볼 수 있다.

2. 구성

판종은 사본으로 未刊稿本이다. 책의 표제는 1책에는 '碩齋別稿'라
고만 되어 있지만 2책부터 11책까지는 모두 '碩齋別稿'라는 큰 표제
외에 오른쪽 상단에 또 조금 작은 글씨로 '薪湖隨筆'이라고 되어 있다.
신지도에서 썼기 때문에 이렇게 붙인 것이다. 1책도 대부분 신지도에
서 씌어진 것이지만 그 앞부분에 호남관찰사로 나가면서부터 지은 시
가 몇 수 수록되어 있기 때문에 그냥 『碩齋別稿』라고만 표제한 것으
로 보인다. 『석재별고』는 훗날 그의 아들인 尹定鉉이 문집을 편찬할
때에 붙인 이름이며 '薪湖隨筆'은 권3 첫머리 글에 '名之曰, 薪湖隨筆'
이라고 하였으니 윤행임이 직접 붙인 이름이다. 따라서 이 『석재별고』
의 原題는 '신호수필'로 보아야 할 것이다. 모두 23권 11책으로 되어
있다. 권1에는 시 96수가 실려 있으며, 권2에는 記로「誕報廟記」・「馬
島記」・「弗欺軒記」・「李貞翼公浣御賜甲冑記」・「薪智島記」, 권2에

는 碑로 「誕報廟碑」·「陳都督璘勝戰碑」·「遲遲臺碑」·「少連大連遺
墟碑」·「坡平山玉匣池碑」·「鄧將君子龍殉義碑」, 序로는 「皇明遺民
傳序」·「東儒性理編序」·「明儒性理編序」·「左傳彙類序」가 실려 있
다. 그리고 권3은 『論語上』, 권4는 『論語下』, 권5는 『孟子上』, 권6은
『孟子下』, 권7은 『大學』, 권8은 『中庸』, 권9는 『易』, 권10은 『繫辭傳』,
권11은 『尙書上』, 권12는 『尙書下』, 권13은 『毛詩上』, 권14는 『毛詩
下』, 권15는 『小學上』, 권16은 『小學下』, 권17은 『禮記上』, 권18은 『禮
記下』, 권19는 『左傳』, 권20은 『十九史略』, 권21은 『通鑑節要』, 권22
는 『四勿要義』, 권23은 『經傳同異』이다.

　현재 『碩齋別稿』는 연세대 소장본 이외에도 규장각 소장본과 국립
중앙도서관 소장본 두 가지가 더 있다. 규장각본은 필사본으로 卷數를
표시하지 않고 '碩齋稿卷之'라고만 되어있는 11冊이며 29×18.5cm이
다. 국립중앙도서관본은 筆寫本(稿本)으로 21卷10冊이며, 四周單邊
半郭 24.1× 17.1cm, 有界, 10行20字 註雙行, 花口, 上2葉花紋魚尾,
30.1× 21.3cm로 되어 있다. 이 중 규장각본은 초고본이다. 하지만 내용
면에서는 연세대본이 1책에서 목차를 따로 두고 있다는 것 이외에는
별다른 차이가 없다. 다만 초고본이라 대부분이 行·草書로 쓰여져 있
으며 붓으로 수정한 흔적이 여러 곳에서 보인다. 그리고 책의 표지 오
른쪽 위에 '薪湖隨筆'이라고 쓰여져 있다. 국립중앙도서관본은 『碩齋
稿』와 함께 붙어있으며 글씨가 매우 깨끗한 사본이다. 그러나 국립중
앙도서관본은 연세대본과 규장각본 권1·2에 있는 詩·記·碑·序가
빠져 있다.[3] 따라서 현재로서는 연세대본이 가장 善本으로 보여진다.

---

3) 현재 『韓國文集叢刊』 287·288輯에는 『碩齋稿』와 『碩齋別稿』가 함께 실려있다.

1) 詩·記·碑·序

詩는 모두 124首가 실려 있다. 시에 간략한 설명을 붙여 놓은 것이 많다. 「以湖南伯辭朝」(五絶)로부터 시작하여 「謁慶基殿」(五律)까지 의 13편의 시들은 그가 호남관찰사로 나가면서 이르는 곳마다 자신의 심회를 읊어 놓은 것들이며, 「南門店舍別家侄及幕府諸君發向配所」 (七律)로부터 시작하는 나머지 시들은 모두 호남관찰사로 나간지 5일 만에 다시 薪智島로 유배되어 그 곳에서 쓴 시들이다. 따라서 여기에 실린 시들은 첫 수인 「以湖南伯辭朝」에서부터 "엄정한 중희당에서, 이별 인사드리니 마냥 눈물만 흘러내리네(肅肅重熙堂, 拜辭空涕洟)" 라고 읊고 있는 것처럼 시의 대부분이 悲哀가 절절이 배어 있다. 특히 「到完山見例郡太守於宣化堂」에서는 자신을 "두 조정 사이에서 아직 도 죽지 못한 신하라네(未死孤臣際兩朝)"라고 하면서 태수들에게 先 王인 정조의 聖明을 만났던 것을 저버리지 말아야 할 것이라고 부탁하 는 모습이라든가, 신지도에 들어간 날 밤 꿈에 선왕인 정조를 뵙고 지 은 詩인 「入薪智島是夜夢拜先王」에서는 "오열하며 통곡하니, 외론 배만 바닷가 한 편에 떠 있네(嗚咽仍成哭, 孤舟海一邊)"라고 하여 자 신을 그토록 아껴주었던 정조에 대한 그리움을 처절하게 드러내고 있 는 모습이 매우 인상적이다. 「憶昔行」과 「紓哀」에도 정조에 대한 그 리움이 배어 있다. 이밖에도 「島中雜詠十首」(五律)는 신지도의 풍경 과 그 곳에서의 삶과 느낌들을 읊은 것이며, 「觀鷄鬪」(古詩)는 닭싸움 하는 정경을 묘사했고, 「追詠俛仰亭三十景次梁靑溪」는 30수나 되는

『碩齋稿』는 규장각소장본을 영인한 것이고 『碩齋別稿』는 국립중앙도서관소장본을 영인하여 수록한 것이다.

가장 긴 연작시로 靑溪 梁大樸(1544~1592)의 시에 차운한 것이다.

「誕報廟記」는 임진왜란 때에 원정을 왔던 明의 都督 陳璘과 명량 해전에서 전사한 李舜臣 및 명의 부총관 鄧子龍을 모신 사당에 대한 記이다. '誕報廟'는 1791년에 정조가 내린 賜額이다. 탄보묘는 현재 古今島에 있다. 「弗欺軒記」는 '자신의 마음을 속이지 않는다(弗欺吾心)'는 뜻에서 자신의 거처를 '弗欺軒'이라고 한 데 대한 記이다. 「薪智島記」에서는 주자가 동안현에 있을 때에 老聃과 庚桑楚의 말을 인용하여 자신의 거처를 '畏壘'라고 하였듯이 자신도 신지도를 '나의 畏壘'라고 한다 하였다. 신지도가 섬 가운데의 한 섬이 듯이 자신도 천지와 이 섬에서 나그네 중의 나그네이니 이 섬에 거처하는 것이 무슨 어려움이 있겠는가 라고 하여 신지도와 관련지어 자신의 생각을 펼쳤다.

「遲遲臺碑」는 현재 수원 파장동에 있다. 정조가 아버지 장헌세자의 원침인 顯隆園 전배를 마치고 환궁하는 길에 이 고개를 넘으면서 멀리서나마 현륭원이 있는 화산을 바라볼 수 있으므로 이곳에 행차를 멈추게 하고 현륭원 쪽을 뒤돌아보며 떠나기를 아쉬워하여 그 행차가 느릿느릿했다고 해서 遲遲臺라고 부른 것이다. 글의 앞머리에 순조의 命으로 감히 사양하지 못하고 울며 銘을 써서 바친다고 하였다. 「少連大連遺墟碑」는 『禮記, 雜記 下』에 少連과 大連이 居喪을 잘했다고 하여 공자가 칭찬을 하면서 이들을 '東夷之子'라고 한 것을 두고 쓴 碑이다. 조선에는 섬에도 이 소련과 대련을 기억하여 兄弟島가 있다고 하였다. 그는 이들의 자취가 바다 가운데에 湮沒되는 것이 안타까워 돌을 깎아서 글을 새기고 그 碑를 세운다고 했다. 「坡平山玉匣池碑」는 尹氏의 始祖인 太師公 尹莘達의 탄생 설화에 대한 碑이다. 즉 태사공이 파평산에 있는 사방 십리의 못 수면에 떠 있는 옥갑 속에서 3세의 아이로 들어있었다는 전설을 말하면서 이것이 괴이한 일이기는 하지만『詩經』
과 주자의 말을 인용해 볼 때 사실일 수도 있을 거라고 했다.

「皇明遺民傳序」는 研經齋 成海應(1760~1839)이 쓴『皇明遺民傳』
이라는 책의 서문이다. 魯나라는 비록 小國이었지만 四書五經과 季
札・韓起의 무리가 있었기에 후세에 찬탄을 받는 것처럼 그는 우리 나
라가 비록 편벽한 곳에 있지만 훗날 천하에 으뜸이 되어 또한 이 傳과
성해응의 이름도 전해질 것이라고 하였다. 「東儒性理編序」는 자신이
직접 저술한『東儒性理編』에 스스로 붙인 서문이다. 이 책은 조선조의
중요 경전 연구자들의 견해를 망라한 것이며,「明儒性理編序」역시 자
신이 쓴『明儒性理編』에다 쓴 서문이다.『東儒性理編』을 완성하고 이
어서 이 책을 썼다고 했으며,『東儒性理編』과 비교하여 읽어본다면 性
理에 대한 談論이 결코 어렵지 않을 것이라고 하였다. 이 두 책은 현재
『性理編』이라는 제목으로 7卷 3冊이 남아 있다.「左傳彙類序」역시
자신이 편찬한『左傳彙類』에 대한 서문이다. 자신이 어릴 때부터 이
『左傳』읽기를 좋아하였지만 너무도 浩瀚하여 그 요점을 잡기가 어려
웠다고 했다. 그래서『左傳』에 나오는 모든 사항들을 類聚하여 책을
읽는데 도움이 되도록 한 것이다.

2)『論語上・下』

글의 첫머리에 '辛酉之夏, 謫居島中'이라고 하여 이 글이 1801년 여
름 신지도에 유배되어 있을 때에 쓴 글임을 명시하고 있다. 上篇은 '學
而'부터 '子罕'까지의 9편에 대한 것이고 下篇은 '鄕黨'부터 '堯曰'까지
의 11편에 대한 것이다. 주로 경전 본문에 대해 자신의 해석을 붙인 것
이다. 이하에서는 각 책마다 몇 조목씩만을 뽑아서 그 대체를 살펴본다.

* 『論語』의 綱領 : 제1편 '學而'는 '學'으로 시작하고, 2편 '爲政'은 '政'으로 시작하며, 3편 '八佾'은 '禮樂'으로 始終이 되게 하였다. 따라서 '政'은 '學'의 다음에 오며 '政'은 '禮樂'으로 근본을 삼기 때문에 禮樂인 八佾이 爲政에 이어 나오게 된 것이다. 이러한 차례는 제1편 '學而' 속에도 나타난다. 즉 1장 1절의 '學而時習', 5장의 '道千乘之國', 12장 1절의 '禮之用'의 차례도 그러하다. 따라서 '學而', '爲政', '八佾' 3편의 綱領이 모두 여기에 있다.

* "有朋自遠方來, 不亦樂乎"(「學而篇」) : '有朋自遠方來'를 '人不知'라고 말하는 것은 不可한 듯하다. 남들이 알아주기 때문에 '自遠而來'한 것이고 또 '來之自遠'하였으니 가까운 사람도 옴을 알 수가 있다. 夫子는 하늘이 내리신 聖人임에도 오히려 '學而時習'이라고 하시어 學者들에게 用工의 방법을 보여주셨다. '有朋自遠方來, 不亦樂乎'는 夫子의 盛德과 光輝가 한 세대에 미치어 삼천명의 무리가 '自遠而至'한 것이고, 제3절인 '人不知不慍, 不亦君子乎'는 齊의 景公, 衛의 靈公, 魯의 哀公과 같은 이들이 夫子의 聖人됨을 알지 못하여 그를 쓰지 아니하였으나 夫子께서는 '성내지 아니하신' 것이다.

* "君子去仁, 惡乎成名"(「里仁篇」) : '名'字는 '好名'이라는 뜻에서의 '名'이 아니라 大德으로 나아가 반드시 그 이름을 얻는다는 '名'이다. 이름을 위하여 仁을 구함은 君子가 아니다.

* "子罕言利與命與仁"(「子罕篇」) : '罕言'과 '不言'은 차이가 있다. 즉 '罕言'이라는 것은 때로 혹 말씀하셨지만 매우 드물었다는 것이다. '利仁'의 '利'와 '仁至'의 '仁'과 '天命을 안다'는 뜻에서의 '命'은 일찍이 말씀하시지 않은 적은 없다.

* "子疾病, 子路使門人爲臣"(「子罕篇」) : 자로가 공자의 질병을 위
한 노력이 忠愛의 마음에서 나온 것이라 눈물을 흘릴 만큼 감동
적인 것이었다. 하지만 禮에 어긋나고 이치와도 상반된다. 그래서
夫子께서 꾸짖으신 것이다. 군자는 바른 죽음을 귀하게 여긴다.
子路는 '私情'이었고 夫子는 '正道'이셨다.
* "請益曰, 無倦"(「子路篇」) : '無倦' 두 글자는 평범한 말씀 같으나
夫子께서 自處하신 바요 또 門人들에게 교훈하신 것이다. 이 '無
倦'은 쉬지 않는다는 뜻이니 쉬지 않는다는 것은 곧 自彊한 효험
이다. 군자가 하늘을 법으로 삼는다는 것이 이와 같다.

3) 『孟子上·下』

『論語』에 대한 주해를 마친지 7일 만에 『孟子』 주해를 쓴다고 하였
다. 상편은 萬章篇까지이고 하편은 告子篇부터 시작하였다.

* "仁義"(「梁惠王章句上」) : 『孟子』의 首篇은 '仁義'를 말한 것이고
『論語』의 首篇은 '學'을 말한 것이다. 맹자가 살았던 때는 공자의
때와 달라서 楊子와 墨子 같은 이들이 橫行하여 그 어버이를 버
리고 그 임금을 뒤로하는 자가 계속해서 이어져 나왔다. 이 때문
에 '仁義' 두 字로써 시대를 구하는 良藥으로 삼아 仁을 구하고
義를 행하였으니 이것이 바로 '學'이다. 『論語』의 首篇인 '學'과
『孟子』의 首篇인 '仁義'는 한 가지이다.
* "浩然之氣"(「公孫丑章句上」) : '浩然之氣'는 근본을 다하고 그 근
원을 窮究하는 것이니 곧 '天命'이다. 氣라는 것은 본래 스스로 浩
然하여서 사람이 그 氣를 받는 것이니, 곧바로 기른 후에야 그 처

음을 회복할 수가 있다. '養氣'는 '養性'과도 같은 것이다.

* "聖人, 人倫之至也"(「離婁章句上」): 聖人은 인륜의 지극함이다. 곧 『論語』는 至德이며 『大學』은 至善이며 『中庸』은 至誠이다. 그 아래에서 말한 堯·舜·孔子 이 세 聖人은 다 인륜의 지극한 자들이다.

* "食色, 性也"(「告子章句上」): '食'과 '色'은 性이다. 곧 食과 色을 살리는 것을 性이라고 한다. 食과 色 이것은 결단코 性이 아닌 것이 없다. 다만 食과 色이 性이 되는 것만 알고 그 본연의 善이 됨을 알지 못한다면 이것은 人心이 있는 것만 알고 道心은 있는 줄을 알지 못하는 것이다. 仁이 사람의 내면에 있다는 설(仁內之說)은 仁義를 행한다는 說과는 다소간 차이가 있다.

4) 『大學』·『中庸』

글의 머리 편에서 1799년(정조 23)에 선왕인 정조가 친히 御札을 내리시며 자신과 경전의 해석에 대해 서로 주고받았다고 했다. 그 후 자신이 『大學』의 의문점들을 풀이하여 작은 책자로 만들어 정조에게 바쳤는데, 정조는 '答教'를 하사하시면서 직접 그 책의 이름을 『魯傳秋錄』이라 하라고 命하였다 한다.

* "在明明德, 在新民"(『大學』제1장): 자기에게 있는 것을 '明'이라 하고 백성에게 있는 것을 '新'이라고 하는 것은 무엇 때문인가? 백성을 새롭게 한다는 것은 또한 그 '明德'을 밝히는 것이니 백성은 한 사람이 아니다. 四海의 모든 무리를 들어서 밝힌 것이다. 전체적으로 보면 마치 때에 맞추어 내리는 비가 지나가자 초목이

다 새로워지는 것과도 같다. 그 때문에 '明民'이라고 하지 않고 '新民'이라고 한 것이다.

* "知止而后有定"(『大學』 제1장) : '知止'는 '志學'이다. '定'은 '立'이다. '靜'은 '不惑'이다. '安'은 '知天命'이다. '慮'는 '耳順'이다. '得'은 '從心所欲, 不踰矩'이다. 그리고 이 '矩'는 '至善'이다.

* "所謂治國, 必先齊其家者(『大學』 제9장) : 堯·舜의 道는 孝悌일 뿐이다. '治齊章'은 孝悌로써 第1義로 삼는다. '齊家'로부터 '新民'에 이르기까지의 新民의 방도는 곧 孝요, 孝는 慈이다.

* "致中和, 天地位焉"(『中庸』 제1장) : '中'은 體의 바름이요, '和'는 用의 바름이다. '致中'한 후에야 '致和'할 수 있다. '致中' 두 字는 훗날의 儒子들이 잘못 보아 '求中'이라고 하였다. 본성의 고유한 바를 따라서 그 존재의 이유를 안다면 致中할 수 있다.

* "至誠無息"(『中庸』 제26장) : '至誠無息' 네 글자는 楊震의 門下 諸公의 해석이 다 언어의 병통을 면하지 못하였다. 다만 "至實하기 때문에 그침이 없다(至實故無已)"라고 한 것은 이치에 近似하다.

5) 『易』·『繫辭傳』

四書를 모두 읽고 나서 생각나는 대로 썼다고 했으며, 비록 오묘한 뜻은 發明치 못하였으나 종일토록 할 일이 없는 것보다는 나았다고 하였다. 『繫辭傳』에는 『序卦傳』과 『雜卦傳』까지 언급하고 있다.

* "其邑人, 三百戶"(『易傳』, 「天水訟」) : '邑人, 三百戶'를 정자와 주자는 다 '小邑'으로 해석하였으나 이 같은 것은 끝내 의심이 있는 부분으로 억지로 해석할 수는 없다.

* "容民蓄衆"(『易傳』, 「地水師」) : '容民蓄衆'에서의 '容'字와 '蓄'字
는 다 땅이 물을 받아들이는 것과 물이 땅에 모이는 형상을 취한
것이다.

* "无妄"(『易傳』, 「天雷无妄」) : '无妄'은 혹 '无望'이라고도 되어 있
다. 옛날에는 문자의 수가 매우 적어서 或者는 한 字로써 두 세
가지로 쓰이어 '妄'을 '望'으로 하였다고 하니 혹 그럴 듯하기도 하
다. 六二의 "갈고 거두지 않으며, 밭을 일구어도 삼 년 된 좋은 밭
이 되지 않는다(不耕穫, 不菑畬)"와 같은 것은 바로 '無望'의 뜻
이 있다.

* "節以制度, 不傷財, 不害民"(『易傳』, 「水澤節」) : 공자가 "쓰기를
절도 있게 하고, 백성을 사랑한다(節用以愛人)"라고 하였는데, 여
기서의 '節用'이란 '不傷財'이며, '愛人'이란 '不害民'이다. 『尙書』
의 「舜典」에서는 "법으로 도량형을 동일하게 한다(同律度量衡)"
라고 하였는데, 이것은 또한 "수와 법도를 제정한다(制數度)"는
뜻이다.

* "无思也, 无爲也, 寂然不動, 感而遂通天下之故"(『繫辭上傳』제
10장) : '无思, 无爲'는 未發의 상태이다. 그러므로 '寂然不動'하다
가 '느낌(感)'이 이미 나타나자 그 때문에 마침내 통하게 된 것이
다. 소위 '故'라는 것은 맹자가 "性은 故일 뿐이다"(「離婁章句下」)
라고 말한 것과 같다. '寂'은 '坤'이요, '感'은 '復'이다. 고요하다가
느껴지고 느껴지다가 통하게 되며 통하여지다가 또 고요하게 된
다. '寂'은 '隱'이요, 느껴서 통하게 되는 것은 '費'이다.

6) 『尙書上・下』

『尙書』의 핵심은 「堯典」과 「舜典」 두 典에 있다고 하였으며, 三謨
이하로부터는 이 두 典을 벗어나지 않는다고 하였다. 上篇에서는 「虞
書」와 「夏書」를 다루었고, 下篇에서는 '湯誓'로부터 시작해서 그 이하
를 다루었다.

* "以親九族...恊和萬邦"(「堯典」): "九族을 親和케 한다(親九族)"
  는 것은 "친척을 친히 한다(親親)"는 것이요, "만방이 기뻐한다
  (恊萬邦)"는 것은 "백성을 仁하게 한다(仁民)"는 것이다. "親親
  仁民"은 모두 『大學』에서 "明德을 밝힌다(明明德)"는 데에 따른
  것이다.
* "詢事考言"(「舜典」): 사람을 알아보는 법은 그 言行에 있다. 그
  때문에 堯임금이 舜에게 "일을 묻고 말을 고찰(詢事考言)"해 본
  것이다. '事'라는 것은 '行'이다. 舜이 堯임금에게 말한 것과 같은
  것은 『尙書』에 실리지 않았으니 이것은 千古의 흠이 되는 일이다.
* "非台小子敢行稱亂"(「湯誓」): 湯임금이 桀을 치기에 앞서 "내가
  감히 난을 일으키려고 하는 것이 아니다(小子不敢稱亂)"라고 하
  며 백성들에게 盟誓 하면서 桀을 치고자하는 일을 나타낸 것은
  하늘의 뜻에 응하고 사람의 뜻에 따랐다는 뜻이다.
* 「康王之誥」: 『大學』에서의 세 가지 綱領 중 그 두 번째가 「康誥」
  에 속한다. 무왕이 그 아우인 康王에게 告한 것은 반드시 그 사사
  로움에 가리우지 아니하고 대번에 高遠함으로 告하였으니 康叔
  의 현명함을 알 수 있다. 康王은 太王의 曾孫이요 王季의 孫子요
  文王의 아들이요 武王과 周公의 아우였다. 그 가정의 연원이 이

와 같았으니 嘉言과 善行이 반드시 볼만한 것이 많았을 터인데도
후세에 전하는 것이 없으니 안타깝다.

7) 『毛詩上·下』

상편은 '國風'을 다루었고, 하편은 雅와 頌을 다루었다. 하루만에 국
풍을 모두 읽고 3일만에 완성한 것이라고 하였다. 특히 雅·頌은 마음
에 감동이 되고 몸에 징책이 되는 것이 결코 한 두 가지가 아니어서 더
욱 이 『詩經』의 가르침이 소중하다는 것을 알게 되었다고 하였다.

* 「周南·芣苢」: '芣苢章'은 舊說에 "부인들이 화평하여져서 그 자
  식 둠을 즐거워한다(婦人和平而樂有子)"라고 한 것은 近似한 말
  이다. 이것은 '螽斯章'에서 비유한 말과 다르지 않으니, 芣苢를 캔
  다는 것은 그 자식이 많음을 비유한 것이다.
* 「鄘風·蝃蝀」: '蝃蝀章'의 풍자는 性情의 바름을 얻은 것이다. 이
  미 그 행함을 말하였고 또 그 믿음을 말하여 順命한다는 뜻으로
  그 말을 맺었으니 가히 말로 나타내어 經이 되게 한 것이다.
* 「衛風·淇奥」: 堯·舜·禹·湯·文·武王 이후로 학문의 가장
  공교로움을 말한 것 중에 '淇奥章'의 詩 같은 것은 없었다. 만일
  武公을 잘 보고 학문에 종사한 자가 아니라면 어찌 그 도가 이와
  같음을 얻을 수 있었겠는가? 이것은 가히 武公의 盛德과 至善을
  사람들로 하여금 보아서 느끼게 하고 그 興을 움직이게 한 것이니
  「大雅·旱麓」의 여러 詩에 양보하지 않는다.
* 「小雅·伐木」: '伐木章'에서 "차라리 마침 일이 있어 오지 못할
  지언정, 내가 돌보지 않은 것은 아니니라(寧適不來, 微我不顧)"

라 한 것은 흠이 있는 듯하다. 사람을 기다림에 성실하다면 마땅
히 "저가 혹 오지 않아도, 내가 어찌 돌보지 않으랴(彼或不來, 我
豈不顧)"라고 해야 할 것이다. '寧適' 두 字와 '微我' 두 字는 온
당치 않은 듯하다.

* 「小雅·桑扈」: "저 사귐에 오만하지 아니하니(彼交匪敖)"라고 한
  것은 '桑扈章'의 정신이 있는 곳이다. 이것은 『大學』에서 소위 "거
  만하고 태만히 하는 바에 편벽된다(之其所敖惰而辟焉)"라고 경계
  한 것과 같다.

8) 『小學上·下』

『小學上』은 稽古篇을 다루었고, 『小學下』는 嘉言과 善行篇을 다루
었다. 앞의 立教·明倫·敬身篇은 다루지 않았다. 그 이유로 그는 글
의 서두에서 稽古篇은 聖人의 교훈이 넓고 넓으며 稽古篇 이하는 훌
륭한 업적들이 빛나기 때문에 稽古篇부터 시작한다고 하였다. 이 글에
는 특히 '或曰'로 시작하면서 경전의 의문들에 대해 하나하나 답하고
있는 부분이 많이 나타나고 있는 점이 특징이다.

* 乃徙舍學宮之旁, 其嬉戱, 乃說俎豆"(「稽古」): 공자는 아이 때에
  늘 祭器를 늘어놓고 놀면서 그 禮容을 갖추었다. 맹자는 學宮 곁
  에 가서야 비로소 공자가 아이 때에 했던 놀이를 하였으니, 이것이
  大聖과 亞聖의 구분이 되는 것이다. 맹자가 聖人이 된 것은 그 어
  머니의 현명함 때문이었다. 맹자가 말하기를, "어진 부모 형제가
  있는 것이 즐거움"이라고 한 것은 바로 이것을 두고 말한 것이다.
* "少連, 大連, 善居喪"(「稽古」): 少連과 大連의 그 지극한 哀悼는

禮에 合하였으니 소위 '三年憂'라는 것도 가히 그 도의 진정함을 얻은 것이라고 할만하다. 少連과 大連의 遺墟는 지금도 조선의 海州 땅에 있다.

* "伯夷叔齊叩馬而諫"(「稽古」) : 或者는 말하기를, "백이와 숙제가 무왕의 말고삐를 잡고 諫할 뜻이 있었다면 어찌해서 紂임금에게 諫하여 그로 하여금 그 惡을 깨닫도록 하지는 못하게 하였는가?" 라고 한다. 가로되, 말로 책망함이 있고서 諫함이 있는 것인데, 백이와 숙제는 바닷가의 한 노인에 불과했을 뿐이었다. 어찌 諫할 수 있었겠는가? 몸이 出仕하지 않았으니 말 또한 할 수 없는 것이다. 백이와 숙제의 현명함으로 어찌 聖人의 경계를 범하겠는가!

* 或者는 말하기를, "공자와 맹자는 小學의 道를 말씀하시지 않았다"라고 한다. 가로되, 공자와 맹자가 어찌 말씀하시지 않았는가? 공자가 "아래로 배우면서 위로 통달한다(下學而上達)"라고 한 것과 맹자가 "천천히 걸어서 長者보다 뒤에 감을 '공경한다'고 이른다(徐行後長者, 謂之悌)"라고 한 이것이 어찌 소학의 도가 아니겠는가? 공자가 '厥黨童子'(「憲問」)에 대해 말한 것과 맹자가 樂正子를 두고 말한 것(「離婁章句上」) 또한 소학에 대한 가르침이었다.

9) 『禮記上·下』

상편은 「曲禮」로부터 「郊特牲」까지 다루었고, 하편은 「內則」부터 그 나머지를 모두 다루었다. 그는 「曲禮」로부터 시작하여 「郊特牲」에 이르기까지의 三代의 禮는 이해할 수 있으나 다만 전국시대 때 諸儒들이 만든 것은 혼란스러워서 족히 다 믿을 수 없는 것이 한스럽다고 하였다.

* "安安而能遷"(「曲禮上」) : '安安'이라는 것은 평소의 지위에 편안
  해 하는 것이다. '能遷'이라는 것은 善을 보면 옮겨가는 것이다.
  그 마땅한 바를 편안히 여기는 것은 '重山艮'괘에서 "산이 아울러
  있는 것이 艮이니, 군자가 본받아서 생각이 그 位를 벗어나지 않
  는다(兼山, 艮. 君子以思不出其位)"라는 말과 같으며, 마땅히 옮
  겨야 할 바에 옮긴다는 것은 '風雷益'괘에 "바람이 매우면 우레가
  빠르다(風烈則雷迅)"하여 군자가 이를 본받아서 착한 것을 보면
  옮긴다고 하는 것과 같다.
* "君子行禮, 不求變俗"(「曲禮下」) : "군자가 예를 행함에 본국의
  풍속을 바꾸지 않는다(君子行禮, 不求變俗)"는 것은 옛 것을 잊
  어버리지 않는다는 말이다. 그러나 周와 魯의 禮는 진실로 바꾸어
  서는 안된다. 滕나라의 父兄이 喪禮에 선조를 좇아 三年喪의 제
  도를 하고자 하지 아니한 것은 禮가 변한 것이요 그 풍속이 변한
  것은 아니었다.
* "聞諸老聃"(「曾子問」) : "聞諸老聃"에서 老聃이라 하는 자는 鄭
  注에서는 옛날에 장수한 자라 하여 老子로 보지 않았으나 잘못이
  다. 이것은 소위 "老聃에게 禮를 들었다"는 것인데, 『禮記』에는 어
  긋난 것이 많고 실제는 적은 듯하다.
* "罕譬而喻"(「學記」) : "罕譬而喻"는 비유한 것은 적으나 그 깨우
  침은 간절하다는 것이다. 注說에는 '連珠'라고 보았으나 그렇지는
  않은 듯하다. 이것은 "말하지 않아도 깨우친다(不言而喻)"는 말과
  함께 그 뜻을 같이 한다.

10)『左傳』·『十九史略』·『通鑑節要』

『左傳』은 옛날 '鵝湖'라는 모임에서 再從兄인 海州公 槐里子에게 배웠는데 이제 와서 舊篇을 들추어보니 삶과 죽음의 감회를 금할 길이 없다고 하였다.『十九史略』과『通鑑節要』는 어부의 집에서 빌려 보았다고 했으며, 이 중『十九史略』은 어부집의 아이들이 읽던 것이라고 했다.

* 『左傳』: 魯나라는 小國으로 强敵 사이에 있으면서도 능히 온전할 수 있었던 것은 周禮가 노나라에 있었기 때문이다. 그래서 仲孫湫가 桓公에게 고하여 이르기를, "周禮는 근본이 됩니다. 비록 그 周禮를 다 행할 수는 없다하더라도 周禮의 근본되는 바를 오히려 감히 취할 수가 없거늘 하물며 '關雎'와 '麟趾'의 德이 周官의 제도를 따름이겠습니까?"라고 하였다.

* 『左傳』: 軍에 근심이 있으면 素服을 하고 庫門 밖에서 哭하는 것이 禮이다. 秦의 穆公이 郊外에서 소복을 하고 군대를 향하여 哭한 것은 '野哭'이었다. 秦이 誓約을 만들어 잘못을 뉘우쳤다는 내용은 잘 알 수 없으나 다만 禮를 잃었다는 것이 흠이다.

* 『十九史略』: 神農氏가 처음으로 농기구를 만든 이후에 백성들이 곡식을 먹었다. 神農氏 이전에는 곡식을 먹지 못했다. 하지만 곡식을 먹지 못하고 火食을 했다는 것은 매우 괴이하여 믿을 수가 없다. 燧人氏는 부싯돌로 다만 불을 취하였을 뿐이요 삶고 구워 먹은 일은 없었던 듯하다. 文字 이전의 일들을 누가 들었고 누가 전하였겠는가!

＊『十九史略』: 太公望이 동해 바닷가에 살다가 西伯이 노인을 잘 봉양한다는 말을 듣고 그에게로 歸附한 것이요, 文王이 수렵을 하다가 그를 만난 것은 아니다. 마땅히 『孟子』에 실려 있는 내용을 正史로 해야 할 것이다.

＊『通鑑節要』: 赧王이 비록 秦나라로 들어갔다 하더라도 東周에는 임금이 있었으니 周가 망하였다고 말할 수 없다. 南宮氏의 說은 족히 후세의 법이 될만하다.

＊『通鑑節要』: 曹操가 漢中을 평정하고도 군대를 益州로 옮기지 않고 바로 돌아온 것은 황제의 位를 찬탈하는 데에 급했기 때문이다. 劉裕는 義眞으로 장안을 지키게 하고 자신은 강남으로 돌아온 것도 이러한 생각에서였다. 그 계책은 한 가지이나 어찌 같겠는가. 중국의 地勢를 논할 것 같으면 남쪽에서 북쪽을 공격하는 것은 어렵고 북쪽에서 남쪽을 공격하는 것은 쉽다. 曹操는 북쪽으로부터 남쪽을 공격했는데도 패했고, 劉裕는 남쪽에서 북쪽을 공격했는데도 이겼다. 劉裕의 용맹스러움이 曹操보다도 낫다.

11) 『四勿要義』·『經傳同異』

『四勿要義』는 이미 經史를 모두 읽고 나서 조용히 생각해 보니 학문의 기술이 공자가 말한 視·聽·言·動의 四勿에 있다고 생각하여 自省하는 의미로 經禮 중 이 視·聽·言·動 사이에서 경계와 법이 될만한 것을 뽑아 기록한다고 하였다. 『經傳同異』는 經書 가운데에서 서로 어긋나 맞지 않는 부분이 많아 여러 경서들을 상호 참고하여 그 의혹들을 풀이하고자 한 것이다.

* (『四勿要義』) “六五曰, 艮其輔, 言有序, 悔亡”(『易·重山艮』) : ‘輔’는 뺨이다. 말이 나오는 곳이다. 만약 말에 차례가 없다면 반드시 후회가 많을 것이다. 입에서 그쳐서 아직 경솔하게 말을 하지 않고 입을 삼가서 아직 그 차례를 잃지 아니하니 이것이 ‘悔亡’이다. 이와 반대가 되면 禍가 된다.

* (『四勿要義』) “舜典曰, 乃言底可績”(『尙書』) : 순임금이 순임금이 된 까닭은 때에 맞은 다음에야 말을 하였고 그 말이 반드시 禮에 맞았기 때문이다. 顔子의 힘씀은 復禮에 있었는데, 그가 일찍이 “순은 어떠한 사람이며, 나는 어떠한 사람인가?(舜何人, 予何人)”라고 하여 경계를 삼은 것은 바로 여기에 있었다.

* (『四勿要義』) “魯頌駉曰, 思無邪”(『毛詩』) : 공자가 “詩三百, 一言以蔽之曰, 思無邪”라 한 것은 그 생각을 성실히 하고 志氣가 神妙한 듯하여 그 性情의 바름을 얻은 것으로 스스로 邪慾의 매임이 없었던 것이다. 魯頌 ‘洋水章’의 “濟濟多士, 克廣德心”은 德心이 넓어진 후에 마음에서 나타난 것이니 또한 바르다고 할 수 있다.

* (『經傳同異』) “堯典曰, 克明俊德”(『尙書』) : 『大學』에서는 ‘俊’이 ‘峻’으로 되어 있다. ‘峻’과 ‘俊’은 다 크다는 뜻이다. ‘峻’을 ‘俊’과 비교하면 ‘峻’은 더욱 높아서 그 위가 없으며 넓어서 그 바깥이 없다는 뜻이다.

* (『經傳同異』) “恒六五曰, 恒其德, 貞”(『易·雷風恒』) : 『禮記』 ‘緇衣篇’에는 ‘貞’은 ‘偵’이라고 되어있으니 通用되는 듯하다.

* (『經傳同異』) “關雎曰, 君子好逑”(『毛詩』) : 『禮記』 ‘緇衣篇’에는 ‘逑’가 ‘仇’로 되어 있으니 또한 짝의 뜻이다.

* (『經傳同異』) "子曰, 里仁爲美, 擇不處仁, 焉得知"(『論語·里仁』): 『孟子』에는 '知'가 '智'로 되어 있다. 공자는 '知識'으로 말한 것이고, 맹자는 '仁智'로써 말한 것이다. 이 때문에 朱子의 注도 또한 다르게 되어 있다.
* (『經傳同異』) "孟子曰, 孔子曰, 天無二日, 民無二王(『孟子·萬章上』): 『禮記』 '坊記篇'에는 '子云, 天無二日, 土無二王, 家無二主, 尊無二上"이라고 하였다. 맹자는 대개 이를 인용하되 요약한 것이다.

3. 가치

『碩齋別稿』는 본집인 『碩齋稿』가 있기는 하지만 윤행임이 죽기 바로 전 약 4개월 동안에 씌어진 그의 마지막 遺稿라는 점에서 주목된다. 특히 이 『碩齋別稿』의 대부분을 차지하고 있는 경전 연구는 그의 성리학자로서의 모습을 가장 잘 보여주고 있는 저작이라 할 수 있을 뿐만이 아니라 18세기 경전 연구의 또 하나의 모습을 엿볼 수 있는 귀중한 자료로 평가된다.

찾아보기

■ 전송렬(全松烈)

한성대 국어국문학과 졸업
연세대 대학원 국어국문학과 석·박사과정(한국한문학 전공) 수료
한성대, 장로회신학대 강사 역임
현 연세대 강사
저서:『朝鮮 前期 漢詩史 硏究』(이회, 2001)
논문: <李達 詩와 15·6세기 學唐과의 관련 양상> 외 다수
E-mail : song6507@chollian.net

역주(譯註) 방시한집(方是閒輯)

초판 1쇄 발행 _ 2006년 11월 8일

저　자 _ 윤행임
역　자 _ 전송렬
발행인 _ 김흥국
발행처 _ 도서출판 **보고사**
등　록 _ 1990년 12월(제6-0429)
주　소 _ 서울시 성북구 보문동 7가 11번지 2층
전　화 _ 922-5120/1(편집) 922-2246(영업)
팩　스 _ 922-6990
메　일 _ kanapub3@chol.com
홈페이지 _ www.bogosabooks.co.kr

ISBN _ 89-8433-470-7(93810)

정　가 _ 13,000원

* 잘못된 책은 바꾸어 드립니다.
* 저자와의 협의에 의하여 인지를 생략합니다.